O MELHOR DOS MUNDOS

ROMANCE

O MELHOR
DOS MUNDOS

ROMANCE

SIDNEY ROCHA

ILUMINURAS

Copyright © 2025
Sidney Rocha

Copyright © desta edição
Editora Iluminuras Ltda.

Ilustração da capa
Shadow Dance (1930) © Martin Lewis,
Gravura em papel creme, Folha: (32,1 × 36,7 cm); Placa: (24 × 27,8 cm)
Whitney Museum of American Art, Nova York/ The Lauder Foundation,
Leonard and Evelyn Lauder Fund

Foto do autor
Anny Stone

Revisão
Thiago Corrêa

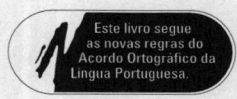

CIP-BRASIL. CATALOGAÇÃO NA PUBLICAÇÃO
SINDICATO NACIONAL DOS EDITORES DE LIVROS, RJ
R576m

    Rocha, Sidney, 1965-
    O melhor dos mundos / Sidney Rocha. - 1. ed. - São Paulo : Iluminuras,
2025.
    234 p. ; 23 cm.

    ISBN 978-65-5519-246-9

    1. Romance. I. Título.

25-95758   CDD: 869.3
                    CDU: 89.93(81)

Meri Gleice Rodrigues de Souza - Bibliotecária - CRB-7/6439

ILUMI**//**URAS
desde 1987

Rua Salvador Corrêa, 119, Aclimação
04109-070 | São Paulo/SP | Brasil
Telefone: 55 11 3031-6161
iluminuras@iluminuras.com.br
www.iluminuras.com.br

para minha mãe e minha irmã

SUMÁRIO

O Dia da Ira, 15

Ninguém salva Ninguém, 81

Um Mundo Novo para salvar, 177

Cultivar seu próprio jardim, 215

Sobre o autor, 233

Tão impossível como ser perfeitamente hábil, perfeitamente forte, perfeitamente poderoso, perfeitamente feliz. Nós próprios estamos muito longe disso. Há um globo em tais condições; mas, nos cem milhões de mundos que estão esparsos pela imensidade, tudo se encadeia por gradações. Tem--se menos sabedoria e prazer no segundo que no primeiro, menos no terceiro que no segundo. E assim até o último, onde todos são completamente loucos.

VOLTAIRE, "Memnon ou a sabedoria humana".

O Dia da Ira

Ágata. Como a conheci?

Foi simples. Um dia, porque a amava, ela surgiu.

Converso com esta mulher diante de mim e preciso saber o que tem daquela jovem do baile. Quem é esta Ágata? Ela deseja uma conversa sem filtros, numa tarde sem filtros também, sob o sol exorbitante.

Minhas lembranças são extremamente precisas. Isso porque as trato como diamante bruto a ser facetado em minha alma. Pudera meus sentimentos mudarem quando elas vêm. Mas sempre são as mesmas faces, no seu estado mais original, doloroso, antigo.

Era meu primeiro baile à fantasia. Ela estava do lado de fora do salão, já eram quatro da manhã. Estava despida da máscara e eu a observava de longe. Uma amiga com essas máscaras de penas e pedras, das bochechas para cima, saiu e nunca voltou. Descobri também meu rosto e me aproximei dela. De lá para cá, nesses anos todos nunca mais nos ocultamos um do outro e nossos destinos sempre estiveram ligados. A palavra *destino* veio com ela. Eu a desconhecia até então. Algumas coisas mudaram nos últimos anos.

✶✶✶

Ágata levantou o rosto ou tocou por acidente minha mão para alcançar o livro sobre a mesa.

Provável ter sido um reflexo, só as intimidades dão a ideia de extrair do outro um coração, uma delicada ternura, parte do silêncio ou do vazio materializado em voz, onda ou partícula, como na física, ou simples meneio, para usar palavra agora da engenharia, pode ter se acendido ali, no meio da raiva mais incontrolável, noutro Dia da Ira, aquele, para Ágata.

Ágata não excede. Funciona como um grande farol. Ágata esteve o tempo todo sob controle. Enquanto me envergonho do meu vitalismo, do meu tônus muscular, do meu peitoral, me lembro do quanto ela praticava exercícios de higiene mental ou energização, nas falsas terapias, em sessões de verdadeiro desespero com arquitetos da holística e das constelações. Precisei respirar fundo para terminar a frase. Qual a razão para tudo aquilo?

Diferente de muitos, depois de me livrar das lamentações inúteis, resolvi desfrutar a vida. Primeiro, quis me manter lúcido. Bati de frente com as pessoas que acreditam na vida como um serviço ao consumidor, onde há um balcão para reclamar. Rio quando me lembro da primeira vez que essa lucidez me atingiu. Um amigo me falava do quanto a vida é dolorosa:

A vida é uma ferida absurda.

Agora aprenderam a dizer essa tolice em todo lugar, eu disse.

Não é tolice. A vida dói, mesmo.

Dói querê-la diferente do que é. A questão é essa. Dói querer tanto esticar a vida a qualquer preço contra o universo tão agressivo.

Você é muito chato, Rhian. Muito.

Então não me pergunte. Me deixe quieto no meu lugar.

Não perguntei.

Me lembro disso enquanto atravesso o platô, antes de entrar no vale.

Então quando querem saber:

"De qual lugar você fala?"

Respondo, para encerrar o assunto:

"De todos os lugares nenhuns."

Ágata era esse meu farol. Ela não dava bobeira. Não avançava sem seus mapas mentais. Até pouco tempo, não levantava a voz. O roxo mordia seus lábios, mas não se excedia. Não levantava a mão para opinar, não se erguia de ímpeto para nada. Tentava dizer a palavra certa na hora certa com a temperatura morna. Antes da boca, a mente media a emoção como fazem as rainhas, como a palavra pudesse alterar o universo. Era preciso extinguir as palavras cáusticas. Elas impulsionavam os assassinatos e por essa razão o país andava como andava, fraturado pelo radicalismo, pelo ódio. Como se ao purificar a linguagem pudéssemos purificar a Terra.

Era melhor a trança do silêncio, esse tipo de fundamentalismo, Ágata pensava: praticava.

Eu podia dirigir seiscentos quilômetros, mês sim outro não, para visitá-la. A paisagem mudara no último ano. As chuvas de verão fizeram brotar aquele verde histórico nas planícies. As montanhas e o mar abandonaram a região sob essa luz vermelho-sangue do crepúsculo de seis milhões de anos e se pode ver à distância, sob esse sol da manhã, o brilho do lajedo rico em magnetita.

Quando parei para abastecer, pude ouvir os gritos de caçadores nas matas, e mais perto os nativos com seus moedores de pedra, investidos no sonho do ouro, infância, juventude e velhice: em vão.

Se você veio por causa do parque das pedras vivas, perdeu seu tempo. O governo fechou tudo desde ontem.

Isso era o frentista, um coitado mirrado, de metro e meio, me falando.

Pedras vivas? Não, amigo. Não faço ideia.

Ah, faz. Todo mundo faz. Todo mundo finge não saber do fim do mundo.

O outro homem era um mameluco com quase dois metros, o rosto turco ou egípcio, com o pescoço de galo de briga. Se era dono ou gerente não dava para se distinguir. Eram miseráveis iguais. Ele interrompeu:

Cale a boca, Manassés. Deixe o cliente em paz. Ele mesmo, o galo, jogou água no para-brisas e a poeira do cascalho amarelo escorreu pela lataria.

Pedras vivas?, eu quis saber. Me servi do cafezinho em copo descartável sobre a bomba.

Era lenda. Mas agora é verdade. Numa dessas fazendas descobriram rochas que se movem, respiram, se multiplicam e não morrem.

Conversa. O povo acredita no que não vê.

Falar é fácil. Eu vi. Todo mundo aqui de algum jeito já viu. Tem sido uma semana movimentada. Gente curiosa. Reportagem. É bom para os negócios.

Como não vejo mais jornais não pude discordar do galo de briga.

Paguei pelo combustível e me livrei do copinho sobre a bomba de gasolina.

Me desculpe. Não vi uma lixeira.

Não temos. Não tem problema. Deixe aí. Depois Manassés vem limpar.

Devo algo pelo café, pela água no para-brisas?

É cortesia, continuou. Agora o governo fechou a fazenda com índio, com gado, com tudo.

O governo e suas cortinas.

É, dizem isso, mas quem não viu não pode dizer nada. Eu digo ao cidadão: pedras vivas, como gente. Quando chove, feito ontem, se multiplicam mais. A crentalhada como Manassés pirou. É o fim do mundo. O fim do mundo é excelente para os negócios, eu digo.

Bipou meu cartão na maquineta e guardou-a no bolso do macacão:

E quis saber mais:

Para onde o amigo está indo?

À abadia das iracemas.

Deve ser longe. Nunca ouvi falar.

Devo chegar perto da hora do almoço. Não é tão distante, agora.

Nunca ouvi falar. Estou neste posto há pouco tempo, disse o galo.

Daí ele gritou para o ajudante:

Manassés, somente faça seu trabalho, homem.

Manassés estava passando o rodinho no para-brisas. Entrei no carro. Liguei o motor com o homem ainda agarrado na lataria.

À abadia?, Manassés comentou. O senhor falou da abadia?

Fiquei calado. Acendi o cigarro. Ofereci um a ele.

Não, ele disse com o gesto de convertido. Louvado Deus. Esse lugar ainda existe? Para sempre seja louvado nosso Senhor. Se não for a negócios, lamento, disse ele. Negócios?

Sim, menti.

Durante cada viagem à abadia, penso ou temo não encontrar outra vez Ágata, senão a lembrança fúnebre impressa, seu rosto de porcelana na pedra. Preferia vê-la assim, a contemplar tanta vitalidade calcada nesse rocado de tristeza, as mãos nuvens brancas agora cianóticas, de tempestade; o sangue fugira das veias naqueles dedos e deixaram na extensão rios abandonados, os olhos de lousa brilhantes hoje opacos, olhos para esse mundo vulgar. Os olhos da filha, os olhos da nossa Jade.

Metade da viagem é de remordimentos.

***

Vejo-a dentro de vestido azulado, com seu penoso chapéu cáqui, desses de turistas ou velejadores, com longas abas até o pescoço, o cabelo preso por fivelas. A antiga gema de hematita, de proteção espiritual, brilhava prata no pescoço onde o finíssimo cordão se escondia entre sulcos de rugas. Ah, Ágata, mostre-me, se puder, esta trança invisível do mundo.

Olhei a paisagem e vi a última curva da rodovia lá em formato de uma boca torta e triste e tive vontade de ir embora.

Eu a amava. Ágata deveria guardar ainda essa informação em alguma gaveta. Com o passar do tempo, os sentimentos mudam de lugar. Na essência permanecem lá ou em algum grau permanecemos nós, estou outra vez falando em medidas, estatísticas, o amor talvez não seja só dados ou reflexos involuntários, não como na bioquímica ou na neurologia, da péssima combinação da vida contra o destino de cada um. O amor, essa ciência funesta, parece ser o fim dos "ous", o fim das escolhas. O amor ajunta tanto os tais opostos que frita tudo, faz tudo explodir. É outra vez a física das coisas.

Ágata tinha pavor de enlouquecer. Ela falava de um medo rastejante.

Eu caía fácil nos jogos de minha esposa, do seu raciocínio limpo e doloroso. A dor me fez reduzir as visitas. Por amor. Por medo.

Medo de enlouquecer.

De me acordar como um amigo nosso.

Todos os dias, eu ligava para saber dele. Sempre respondia:

Estou bem.

Da última vez, foi assim:

Como você vai?

Estou bem, respondeu. Fez uma pausa. Estou bem: enlouqueci.

E desligou.

Há meses vejo carros subirem até aqui e sempre penso em você: deve ser ele, deve ser Rhian, eu torcia. Não era. Não era nunca. Por uma eternidade não foi. E hoje, você está aqui, Rhian. Desde ontem sabia que hoje seria um dia bom.

Sim, será, meu amor.

Depois, ela parou um pouco.

Qual a palavra você usou da última vez?

Olha, lhe trouxe o livro.

Não quero brigas, Rhian. Me esqueci da palavra. Tentei me lembrar, mas não consigo. Agora com essa novidade: uma linda barba.

Sorriu. Mas insistiu:

Qual?

Confusa, querida, eu disse que você vivia confusa. Me desculpe por isso.

Ágata tinha os mesmos pensamentos, como lêndeas. Não precisa se mover nem me olhar para eu adivinhá-los ali dentro. Estava à beira de expulsá-los e empestar o mundo como abelhas:

Não me pertencem, dizia, e estão o tempo todo comigo, ninguém consegue entender.

Contemplava o rosto de Ágata, de ninfa tardia, as curvas sobre as bochechas, de onde desciam rugas de marionete, o estreitamento do rosto antes de compor o queixo, um rosto antes vermelho igual ao cedro canadense dos nossos violões, hoje mais à palidez do abeto alemão, dos concorrentes. Perda sobre perda. Fracasso sobre possibilidades de fracasso.

O sol resolvera andar lesmamente agora, era o lento caracol de fogo de um tango que meu pai cantava, do qual as freirinhas pareciam fugir ao caminhar. Havia a abadessa, uma alemã de oitenta anos, a empurrar a cadeira de rodas da outra irmã, jovem, porém inválida. Eram uma só pessoa, não na solidariedade ou nessa palavra nova, *sororidade*, mas como siamesas que houvessem engolido uma cadeira de rodas e tentassem mostrar alguma naturalidade enquanto passeiam. Tudo em torno sofria dessa fragilidade que é a vida. Podia o sino da capela insistir em definir o fim da manhã, porém nada ocorreria, o vento não batia, o mundo parou.

Eram momentos assim de aflição para minha Ágata. Eu tentava enganá-la e comentar fatos ordinários, porque não havia novidades.

Há semanas não tenho saco para nada em qualquer parte. Meu corpo dói se me movo em direção a promessas e não a algo concreto como um pão. Estou cansado de coisas nutridas somente por esperanças. Talvez eu seja igual àquele personagem do qual esqueci o nome, no "Cândido", de Voltaire.

"Doutor Pangloss", ouço a tempo dentro de mim a voz do meu amigo Denis.

Sim, sorrio: Pangloss. Não importa. Ele, e até você, Denis, tentou me fazer cultivar meu próprio jardim.

Estamos falidos, não posso dizer isso para ela.

Eu avaliava as propostas do amigo Bob.

Bob é José Roberto Alcântara & Silva. Sua família já teve ações nas mineradoras da Cidade do Ferro. Os Alcântara vieram de Portugal com a febre amarela, a cólera e a varíola. A fortuna apareceu depois. Na década de 30, veio a nova geração, da verdadeira Europa. Os mais novos tomaram tudo dos velhos à bala, à base da mutilação, com destaque para a castração.

Com o tempo, esses espertos venderam os direitos de mineração, e não as terras, aos grandes grupos de hoje e entraram para a política, esse outro eldorado. Bob, nosso Alcântara, é figura na periferia dessa fábula, parte enferrujada de tudo. Tem mais o sangue dos capados que dos capadores. Não se pode falar em facas afiadas perto dele.

Todos as investidas do meu amigo Bob eram uma roubada, mas por último eu pensava em vender a fábrica de violões e entrar para o ramo de exportação & importação com ele.

Fugi um pouco dessa sombra. Meus braços doíam de tensão. Meus ombros estavam destruídos, mesmo assim nem cogito em um carro com câmbio automático. Saio desse automatismo e volto a mim mesmo, à Ágata.

***

Petricor, eu falei.

O que é isso?

Este cheiro de terra molhada.

Patricor?, Ágata perguntou.

Não, petricor, repeti. Tecnicamente, é o nome desse cheiro.

Que importante, ela falou e sorriu. Podemos andar um pouco até o limite da abadia, se você preferir. Me sinto disposta, hoje. Lhe esperei, mas nunca me convencia de você estar aqui, como neste momento, Rhian. Sua presença me enche de energia agora mesmo, eu que vivo tão sem forças. Podemos nos afastar um pouco mais e...

Estávamos a uns 500 metros da capela. Não é uma construção tão alta assim, e não sei como a sombra projetada da ponta da cruz do teto se estendia sobre o barro e a grama e parecia definir uma fronteira a não ultrapassar.

Não é bom nos afastarmos muito, Ágata.

Ela parou.

Você tem medo de eu lhe atacar, por acaso? Não vou forçar você a transar no matagal, rapaz.

Não é isso.

Ah, então a gente podia transar ali no mato. Que tal?

Ágata... eu ri. Não temos mais 17 anos.

Você transou no mato quando tinha 17?

Não me lembro. Nunca transei no mato, possivelmente não.

Eu, já. Ela sorriu e se adiantou numa corridinha à minha frente. Então, vamos, ela gritou.

E correu.

Volte aqui, sua maluca. Eu não vou.

Do nada, parecia estarmos nos divertindo e foi um bom momento daquele dia. O cheiro de terra úmida foi se dissipando e o vento quente borrifou meu rosto.

Ela gritou de lá:

Você notou este bafo quente? Você notou?

Sim, gritei. Vamos voltar. Vai chover pra valer.

Ela voltou caminhando. Não era diferente de uma santa.

Eu me concentrava em Ágata. Algum fogo interior ou vitalismo ainda brilhava nela com a força de pedras como a granada. Um farol onde brilhasse na escuridão ou no meio do dilúvio de Noé. Isso a descrevia bem naquele instante.

Eu continuava siderado por ela?

Qual é o nome disso?
Talvez amor.
Você está doido, por acaso? Estou perguntando qual é o nome deste bafo quente. Sinta (ela ofereceu lindamente o rosto de vidro para o vento), sinta, continua soprando.
Sorri.
Olho para o sol e minha vista acompanha minhas sensações, e vejo os pontinhos negros e confusos de moscas reluzentes e ouço seu zumbido:
"Vá embora, vá embora", são essas as vozes.

Nossa, Rhian. Não me olhe assim. Você me olha como se eu não morresse nunca. Como se buscasse em mim qualquer perfeição nas coisas.

Não era isso, meus olhos sabiam.

Não sei dizer.

Ágata tomou mais distância. Eu poderia correr e alcançá-la em dois segundos. Mas não queria correr. Isso me faria bem, mas não conseguiria parar mais. A vontade era fugir dali, da presença opressora de Ágata, sua beleza era também a presença do horror. Ela tirou o chapéu e o vento soprou mais forte e, porque estava às suas costas, tive medo de uma nuvem de piolhos voar dos seus cabelos.

★★★

Não leio como antes. Ou só leio livros técnicos, sobre madeira: o ébano, o jacarandá; sobre colas, coisas da luteria. Ou leio revistas de economia, científicas, médicas, como *The Cleaver*, *New England News*, *Inature*. Isso dá um trabalho enorme, porque uso tradutores da internet. Sou um "filósofo", mas sem filosofia. Não busco conhecimento, mas distração, desde que desaprendi o paladar para os romances. Eles perdem a reverberação e o sal à medida em que envelhecemos. As pessoas desconhecem minha limitação para esses sabores e continuam a me presentear novelas. Nem as desembrulho. Há uma torrezinha assim, os livros imaculados, cobertos de pó, sobre o birô da fábrica. Passo os dedos sobre o pacote e já *leio*. São histórias cujos heróis sempre estão em crise de meia-idade, tristes com a vida, mas sem coragem para resolver isso, a boca aberta puxando o ar da boca da Morte. Sei: é como eu disse a Denis certa vez:

A vida é lenta, Denis. A vida hoje se prolonga, talvez demais, a medicina, os cosméticos e não o cosmo, os energéticos e não a energia, tantos abdominais e flexões, pouca reflexão, e mesmo assim as academias e as festas fedem à morte.

Denis sorria. Era desses anjos que um dia sonharam o formidável projeto de ser perfeitamente sábio.

Paguei com a língua. Há uns dez anos, fui infectado por algum vírus de preservação e então calcei um tênis, vesti uma calça de lycra e fui à P*hy*sique na intenção de perdurar. Uma delícia, como dizem. Ali as mulheres têm mais testosterona em apenas uma das coxas que os velhotes inteiros vestidos de gladiadores.

Li ontem as novas descobertas sobre inflamações e morte celular: estão ligadas aos exercícios. Então, me perguntam: e correr, não? Não, se você não tem uma artrose de ilíaco ou algo pior ou se não é doente de preguiça. Correr é a libertação. Isso se faz sozinho. Portanto, não preciso do *personal* para correr nem morrer. Não. Quero a vida, a alegria. Não acho razoável me lamentar porque minha geração está à beira da gaveta. Minha geração? Ah, são uns poucos pop stars em fim de carreira. No máximo, hoje, plebe stars. Os demais somos parte cinza do tempo. Não caio nisso. Não somos importantes para nada. Viva, viva!, digo a todos, e vou passando por cima dessa gente que adora morrer-se. Tem gente tola. Quando morre um cantor de rock, um ídolo brega, não morro com ele; um piloto, um rei qualquer da mídia, não choro pelas ruas. Canto. Ultrapasso. Por cima. A vida vence.

Pratico a minimíssima minimaratona. No quarteirão. Não sou velocista, não corro porque o revólver dispara, para derrotar quenianos nem entregar mensagem a ninguém. Finjo não ser um homem doente, combato minhas inflamações com algum otimismo. Nunca fui atleta e comecei velho. Não sei como, certo dia olhei para os pés e vi os tênis, olhei para o espelho e me vi no moletom cruzando a tarde.

Correr me auxilia no sono. Combate meu sonambulismo. Reduz a tosse, o chiado no peito, a falta de fôlego, o excesso de sal do suor e das lágrimas. Acelera meu metabolismo.

Mas o melhor é que correr evita de meu corpo tomar decisões somente elétricas, e evita que eu me acorde no parapeito de algum prédio.

Um mundo se abre enquanto corro. Dou uma volta na quadra de futebol do prédio para aquecer, duas, três; depois, hipnotizado, avanço pelas ruas, o quarteirão, outro, o bairro, a estrada, vou me distanciando de tudo, até me ver em um planeta diferente. As pessoas nos seus carros; conseguiria atravessá-los como sêmen luminoso; a cidade me observa passar e continua lerda, lerda e morosa, sua respiração, sua asma, a Cidade do Ferro.

O ronco das mineradoras lá longe. Aqui perto, o inferno das buzinas e dos vendedores com alto-falantes nas calçadas são, quando muito, ruidinhos para mim que nem mesmo uso esses fones de ouvido. Daí a cidade ao redor já desapareceu e nada me incomoda enquanto estou nesse outro plasma. Me sinto capaz de passar o resto da vida voejando daquele jeito, dopado das vontades.

A mina Voreux fica na morraria, uns mil metros de altitude. São mil almas em três turnos a serviço da extração do ferro. Seu suor segue à Argentina e à China em milhares e milhares de toneladas ao ano. No ano passado, retiraram da terra bruta trezentos milhões de dólares de lucro líquido.

São milhões de viagens: caminhões, trens, navios, até espaçonaves alimentadas por dragas, e tratores de 25 toneladas. Os homens estão enfiados em coletes laranja, capacetes brancos, abafadores nos ouvidos. Esses aparecem nos comerciais.

Há ainda os cavadores invisíveis, nos túneis, vivendo em ampulhetas, sem proteção, sem crachá, sem rádio, em turnos sem-controle das leis, o mundo de areia o tempo todo a desabar. Jazida, jazigo. O pó negro resplande dos seus rostos, daqueles rostos de sílica mina o suor das dinamites. Muitos desses vaga-lumes desaparecem no nevoeiro, viram minério, desabam, e alguns são encontrados fósseis no interior das rochas, já parte orgânica do oceano do ferro, nas esteiras, nos porões dos navios, gafanhões triturados pela dolartria.

Vou até o máximo da respiração da cidade. Depois do bairro industrial, vejo nossa famosa floresta de eucaliptos, onde nossos jovens resolveram se matar. Distingo as barragens, o rio Nkali, sua água vermelha, de hematita; nosso rio deve sofrer dos pulmões e do pâncreas, como eu, por isso esse inchaço, esse muco, seu sal mais sal que o mar. No passado, o Nkali era uma serpente subterrânea. Hoje atravessa a floresta e desce pelo vale. Dali escuto o barulho das águas estourar nas fontes com a força de ereções jovens, cruza as grutas anciãs, e afunda no oceano sem vida.

Um quilômetro de subida e estou no monte dos Macacos. Todas as vezes me impressiona o pico da Borboleta, no meio de outros picos de *sfumato*, a névoa sutil de azuis e verdes, perigosas como aquelas detrás da Monalisa. Sempre faço uma *selfie* ali, mas nunca a fotografia exprime o quanto aquelas montanhas calam. Elas continuam as mesmas lembranças há eras.

Lá embaixo, a realidade: o escolho de piçarra, sem utilidade para a mineradoras. Depois a praia, a areia preta, ferrosa, na baía dos Currupacos e, ao fim, o tapete escuro como petróleo que é o mar, Tálassa. O termo salta das palavras cruzadas e veste tudo de mulher, de azul. O mar é uma invenção perfeita. Respiro. Inspiro. Diante dele contemplo a animalidade, a dele e a minha. As ondas voltam a mover o céu de ouro e está na hora de voltar. Mas não volto. Permaneço um pouco naquela penumbra sob o risco de ser multado ou levar um tiro dos guardas florestais da mineradora.

Há anos os ambientalistas lutam com a Nassau Corporation contra o rejeito de minérios nos rios e a dinamitagem dos trinta quilômetros de montanha a dentro. Vejo as pilhas e pilhas de dormentes de concreto ao longo do vale. A Nassau quer construir o túnel para os vagões deslizarem pela ferrovia até o porto e carregarem os navios com o minério direto do porto, sem contarem com a expansão: vão extrair ouro do fundo do mar. Mergulhadores descerão 1000, 2000 metros para dragar até diamantes, dizem.

O ferronegócio não ocupa nossas cabeças o tempo todo. Não é assunto nas manchetes. É engano achar de os grandes investimentos serem escandalosos e barulhentos. Veja a indústria de remédios. Fazem ruído? Você nada sabe sobre essas maravilhas, não é assim? Os grandes negócios viajam em ferrovias subterrâneas e silenciosas.

A mina das minas não está na nitroglicerina. Nas explosões. Mas nos computadores da contabilidade, onde sonegam 90% da vida.

★★★

Para me entender você precisaria ser eu.

Essas palavras de Ágata me trouxeram para onde eu não queria estar. Olhei para ela. Estava duas vezes mais pálida que os lírios nos jardins. A conversa andou para sua pior parte.

É outra pessoa.

Antes a beleza palpitava em Ágata. Os cabelos cobriam a testa cinza, dourados. O nariz apontava para cima. Os olhos eram de cristal e tinham algum acordo com as horas do dia e o sol. O semblante era altivo e livre de culpas. O rosto radiava. As orelhas descobertas, de seda. Havia os brincos de diamante e a luz refletia neles e abria auréolas no entorno por onde fosse. São detalhes.

Se um perito em retrato falado houvesse desenhado Ágata antes, não a reconheceria mais no seu desenho hoje.

Vejo neste rosto traços esfumados de uma beleza em conflito. Vejo-os sumirem enquanto olho para ela, a cabeça encoberta, a raiz dos cabelos esbranquiçados pelo pó do cansaço, a testa sombria, de carvão, as têmporas cobertas de veiazinhas estouradas. Os olhos ainda eram úmidos, mas a boca seca. O corpo parecia ter voltado à adolescência, a languidez provocada pelo fastio, contudo era indefensável meu corpo não se alegrar com essa visão de Ágata. Quem a visse agora não saberia se tratar de um prédio em construção ou em demolição. Olho para ela com todos os sentidos acesos para ver no seu rosto segredos do seu coração, onde tudo acontece. Os traços resistem à devastação, e estão ali especialmente quando seu rosto se contrai. Do mais, tudo destoa.

Pode ser outra essa mulher, os olhos só rascunhos, molhados, sem pupilas, sem viveza. Os lábios finos, não mais pétalas, só lâminas.

É outra. É a outra.

Enfim, com o tempo a Ágata imperecível sumia nos meus sonhos e eu me acordava ao lado de outra. A cada vez que eu venho aqui, essa figura perde mais rastos antigos e ganha outros, novos, mais enfeitiçadores. Passei a vê-la não um ser carnal, mas um ser transitório, numa ponte, como existissem dois mundos. Esse é meu pesadelo: passei a admirá-la, até mais que antes. Uma coisa é amar. Outra é amar uma pessoa enferma, o tanto quanto a amo.

Parece essa nossa vida agora. Nossa vida como o breviário do mundo.

Estávamos agora em silêncio. Não podia camuflar a parada do sol, do céu, das estrelas. Era um esforço em vão. Ágata tinha medo da inércia, do silêncio de fora para dentro, não aquele, o contrário, dos místicos.

Nem toda a vida foi assim, mas é assim há uns tempos.

Respire. Devagar, eu dizia nessas horas.

Inspire. Expire.

Confie em mim.

Mantenha os olhos livres em algum lugar: a porta, a ponta dos seus dedos.

Note: você está no controle. Ninguém mais.

Faça o pensamento girar pela sala, sem pressa alguma. Isso é importante. Controle e lentidão. Controle a lentidão.

A vida é lenta, Ágata. A natureza é lenta. Você agora vê?

Solte o ar sujo para fora, deixe seu coração se acalmar. Ordene ao seu corpo que essa paz não é uma invenção minha nem sua. Está em todo lugar, até mesmo na boca dos vulcões. Ela é a eletricidade na cor das nuvens, na água doce dos rios.

É essa água morna que começa a molhar seus dedos, suas mãos, seus antebraços. Agora, ela avança por seus braços, seus ombros, faz você se lembrar da primeira vez na qual a luz delirava e engolia a escuridão.

Você pode pensar em uma praia ou nas montanhas nesta hora. Fuja da ideia de útero, é preciso se concentrar em algo exclusivamente seu.

Importa a luz, toda energia tomando seus músculos, as falanges dos dedos dos seus pés, já alcança deliciosamente seus tornozelos, veste suas pernas, é agradável sentir este formigamento, suas panturrilhas se transformam em dois balões de gás se inflando, daí essa alegria segue mais, se instala nos seus joelhos, ela se vaporiza e preenche suas coxas prazerosamente, e avança e avança mais e mais ainda você deixa.

Não se preocupe. Não tocará onde você não quer que se toque.

Não tente entender nada. Não ajude. Não atrapalhe.

Só seja parte da lentidão. Expire: a sujeira é para fora. Inspire: o ar limpo é para dentro. Sinta-o bater no fundo dos pulmões. Prenda-o um pouco ali. Um, dois, três, quatro, cinco, seis, lentamente, sete. Seu coração se acelera um pouco, não é? Agora solte o ar devagar, devagar, devagar para ver o quanto ele desacelera. Você está no controle? Isso lhe faz bem, não é? Vamos em frente, mantenha os olhos abertos.

Respire. Devagar.

Inspire. Expire.

Confie em mim.

***

Era tudo inútil. Cada palavra sua estava prestes a ser lançada por uma catapulta.

Ela parecia um manequim, disposta a exercer sua dureza física, mineral, de indiferença.

Eu sou uma pessoa perversa?, me perguntou, sentada nas rochas.

A pergunta era parte do jogo. Da raiva. Do eclipse. Me preparava para pisar devagar. Hoje ela não ia tirar palavras de minha alma.

Ágata usou o indicador e o polegar para catar um cisco junto à nuca, o cabelo amarrado por debaixo do chapéu de velejador.

Fosse o que fosse, colocou sobre a mesa e não sei se ia acariciar com o dedo ou destruir com a unha. A ventania arrastou tudo. Ouvimos o cimento em chamas mastigar as folhas secas. O guarda-chuva da freirinha lá embaixo ia colocá-la no ar como uma triste Mary Poppins ou aquela noviça voadora, sob os fortes ventos de Porto Rico, na série de TV. A vida não é cinema e a irmãzinha do pátio deixou o guarda-chuva atravessar o arvoredo e se esconder sozinho no fundo da mata. Ouvimos gargalhadas malvadas da irmandade inteira e nossa Mary Poppins se enfiou envergonhada no interior das colunas do prédio.

Era meio-dia, a hora do demônio, a natureza não dá saltos e a Terra iniciou nova tentativa. Nem nós nem ninguém nem nada oferecia a mínima sombra sobre a Terra. Por longo intervalo de tempo, só havia o sol, como no começo do universo.

Anos antes, a abadia inteira parava nessa hora, para assistir à expulsão de Adão e Eva do Jardim e, ao mesmo tempo, ouvir o próprio são Mateus: "E houve trevas sobre toda a Terra, do meio-dia às três da tarde", mostrar a morte de Cristo, no pátio. A abadia não pratica mais certas contemplações e embora Adão, Eva, Mateus e o próprio Cristo crucificado insistam na triste enquete do meio-dia, hoje só o sino lamenta.

O sino da abadia foi batizado com o nome do apóstolo. Contudo, ele sequer é o original. A comunidade conta que, em 1890, o sino chamado

Jerônimo de Estridão, de três toneladas, num dobrado, esmagou a sineira Iracema contra a parede do campanário. Acidente ou não, Jerônimo foi retirado da torre e preso e julgado e condenado e silenciado para sempre. Depois, o bispo ordenou sua fundição.

Não importa. Embora a partir do episódio o lugar seja conhecido como abadia de Iracema, ou das iracemas, ninguém senão as abadessas mais velhas se lembram da irmã. Seguem seu próprio banho de sol, sua própria melancolia.

As nuvens voaram para o Sul rebocadas pelo passaredo e o céu ficou mais nu, como anúncio da tarde. Mas logo outras nuvens, em um céu amplo, com certeza de Hopper, azul-esverdeado e violeta, se assentaram sobre a abadia. A brisa soprou amena por cânulas ou estrias invisíveis e senti o cheiro da chuva. Os primeiros pingos ficam suspensos no ar e evaporam antes de alcançar o cimento. Numa segunda onda, alcançam a grama, a copa das árvores e quando encontram o chão em brasa fazem Ágata fungar.

O calor voltou. As sombras voltaram. A chuva era um rascunho; recuou. Só Ágata falava. Ela era o retrato falado do tédio:

O que torna uma pessoa perversa são seus pensamentos.

Talvez.

Talvez, nada, Rhian. E outra coisa.

Qual?

O destino de cada um.

Um Dia de Ira não aceita as horas impostas pelo sol. Queima o sol. Carboniza tudo. Menos minha memória.

A ideia de destino me fascina. Especialmente suas engrenagens, suas variações, a forma como as pessoas fantasiam ter algum controle sobre os acontecimentos.

Bob, naquele péssimo jantar, me disse:

Rhian, acabo de descobrir como tudo funciona, cara.

Tudo o quê?

Tudo é tudo, ora. A vida.

Bob vive atraído por labirintos. O jogo é sua perdição. Nos últimos anos enlouqueceu outro tanto nas palestras dos *coachs* e com o mundo das apostas virtuais. Ele pirou com a ideia de um mundo teleguiado por algoritmos, uma roleta viciada cuja manipulação ele está prestes a descobrir.

É simples, rapaz, é preciso criar o próprio algoritmo.

Está sempre sonhando com algum Graal, um grande mistério, algum enigma primordial, enquanto joga dados, cartas, lança moedas nos caça-níqueis, empurra mentalmente seus cavalos perdedores no jockey club. Se considera mesmo à frente da boiada? Quando me fala essas coisas, onde pensa que está? Num estádio, aplaudido por vinte mil pessoas? O que há? Não me aventuro a lhe dizer onde deve procurar ajuda. Tenho sentimentos contraditórios em relação a ele. Nem intuía, naquele jantar, o quanto iria dever a Bob para sempre, no futuro tão terrível:

Ser um algoritmo, ser o Algoritmo, Rhian. Esse é o resumo para se ganhar grana e se estar em paz com Deus.

Estávamos no antes tradicional jantar das quintas-feiras. Aquele foi o último.

Bárbara sugeriu o prato da noite. Os garçons serviram *foies gras* com bastante pão, geleia de mirtilo e alguém pediu vinho. Depois serviram pato à *froid*. Esperamos os serviçais se afastarem.

Rhian tinha um amigo assim, superior a todo mundo, falou Ágata.

Todo mundo tem um amigo assim, superior a todo mundo, querida.

Tem razão, Bob. Mas esse amigo de Rhian...

Eu estava de conversa com Marília, frente a mim na mesa, e notei a intenção da minha esposa.

Meu Deus, Ágata. Já havia até me esquecido do cara. Corta esse papo.

Corta, nada. Isso lhe incomoda, benzinho?

Não. Mas sei onde isso vai acabar. Ágata está desencavando defuntos. Isso faz tempo demais. Não faço ideia de onde o cara esteja.

Conte pra gente, Ágata. Marília pediu, na sua cansativa animação.

Bárbara também quis saber e trouxe sua cadeira para ficar mais perto de Bob.

Um pedante, Ágata falou.

Isso é verdade, concordei. Mas outra verdade é como Ágata implicava com ele.

Eu? Nem sei porque me lembrei dele agora. Não lhe dava muita bola. Se chamava Rick. Voltou com um doutorado dos Estados Unidos.

Não era como hoje. Hoje todos acordam com um doutorado saindo da alfabetização. Doutorado era coisa para os ricos, expliquei.

Sim, mas esse Rick não quis nada mais com doutoramentos. Devo dizer: não era alguém medíocre.

Isso é verdade, também. Não seria nosso amigo se fosse medíocre.

Que nojo, Rhian, disse Bárbara, a voz soprano ligeiro. Seus olhos azuis se apertaram e se lamentaram da luz, o rosto vermelho de europeia, o riso acriançado me trazia à mente a fantasia: quando seus lábios se abriam, eu imaginava suas coxas se abrindo sob a toalha da mesa. Quando assumiu sua condição simplória, como uma puta dissimulada, mais ainda:

Pois sei como sou medíocre e, mesmo assim, me considero amiga de vocês.

Todos resolveram falar verdades nesta noite?, Bob falou e levou um tapinha na mão, da fogosa Bárbara. Os três sorriram.

Bárbara é dessas mulheres contaminadas pela juventude. É mais jovem que nós. Pratica tiro e amor livre. No fundo, é o que sempre foi, uma alpinista social, filha de uma vendedora de flores, de rua, cujas únicas luzes sobre ela sempre foram as dos semáforos. Seu sotaque tenta imitar o dialeto dos ricos da TV. Aprendeu rápido a se comportar como Cromane exige, a se vestir de forma elegante, sob as luzes estroboscópicas das boates onde os caras entram com pulseiras e as mulheres com coleiras fluorescentes. Aqui está, determinada a fugir da medusa mais terrível, a inevitável, a que lhe aprisiona à pobreza. São movimentos comoventes e, nisso, é uma trabalhadora exemplar, já passada do ponto para os cais, canis e canais adultos, de fãs.

Apontou para o "Freedom" tatuado no seu pulso.

É disso que gosto.

Siga em frente, querida. Meu amigo Victor dizia que a liberdade é um anjo criado de uma pena arrancada das asas do Diabo, Marília comentou.

O anjo ou medusa Bárbara teve até ali três casamentos e descobriu que ama a poligamia como os adolescentes. É uma coroa vibrante, à custa de cirurgia e exercícios e usa o corpo o quanto pode para dar sinais equivocados da idade. Por exemplo, as tatuagens. "Comecei com essa, na nuca, simplesinha, de borboleta". Depois, no ombro a data não sei do quê, em algarismos romanos, mas quando nos mostrou achei que roubaram seu dinheiro: vi um "y" entre os numerais.

Teve um longo namoro com o tatuador, no sonho pragmático de toda viciada quando namora o traficante mas, nos dois casos, esses caras não misturam corpos e pele com coração e dinheiro. Bárbara hoje é uma dessas que a gente vê por aí, com bem-te-vis entre os seios, duendes nos tornozelos, unicórnios no ombro. Trabalha no ministério, diz, mas nada no seu discurso se sustenta de pé, ao contrário dos seus peitinhos imitando os faróis das garotinhas.

Víamos, escutávamos, comíamos.

Ágata continuou:

Esse Rick voltou dos *States* bem jovem. Tinha o quê, uns trinta e cinco, Rhian?

Trinta e três, respondi. Estudamos o secundário na mesma sala. Se ele estiver vivo, temos a mesma idade. Me lembro bem porque, quando voltou, eu acabara de assumir a Abalon Guitar.

Trinta e três. Isso. Em vez de procurar emprego decente, trouxe economias para curtir a vida, esse americano, essa raça superior.

E era americano?

Não: pior. Era daqui mesmo. Não estou falando de uma pessoa arrogante? Seu lema era "como gastar dinheiro e humilhar pessoas".

Isso já não é verdade, Ágata, não seja injusta. Era solidário. Trabalhou em hospitais, implantou tecnologias no sistema de saúde. Tinha a ver com neurologia, com o câncer no cérebro.

Sim, esqueci, disse Ágata. Mas isso não durou muito. Discordava dos médicos. Sabia mais que todos. Achava a medicina daqui atrasada e até os nossos cânceres eram inferiores.

Bob riu. Filho da puta, ele disse e bebeu a dose de gim.

Aconteceu, porém, de esse esnobe se apaixonar por uma garota dez anos mais nova.

Ah, para mim chega, Marília se reclamou. Isso acontece todos os dias. Talvez esteja acontecendo aqui e agora.

Ou ninguém entendeu nada ou entendemos todos e ficamos em silêncio até eu encontrar uma saída, mas só piorei:

Era um escândalo de linda.

Você a conheceu, Rhian?

Saímos algumas vezes juntos. Quem respondeu foi Ágata.

Por isso posso contar, completei. Se chamava Cínthia, falei.

Deixemos a vida alheia, Bárbara falou, mas Ágata não deu importância.

A novidade é que a linda Cínthia era viciada em cocaína.

Isso é verdade, eu disse feito um papagaio.

Daí se deu o primeiro nó. Rick colocou na cabeça que salvaria a moça.

Ah, não. Digam para ele que estamos todos fodidos, gritou Bárbara.

Não adiantaria. Era tarde como é tarde agora. Nunca me meti nisso, mas ouvi muitas vezes Rhian falar com ele: "Saia dessa, saia dessa".

Verdade, "Saia dessa saia", eu dizia pra ele.

E como terminou?

Terminou? Ironizei. Vamos curtir a noite, está bem?

Sei somente partes. Conte pra eles, Rhian.

Rick era genial, eu disse.

Estamos vendo, disse Bob. Estudar demais deixa a pessoa idiota.

Não o julgue sem ter visto cada detalhe daquele vestido transparente, cara: cada gesto de Cínthia era de diaba. Pobre Rick.

Não me sentia bem. A conversa no restaurante andou no rumo inverso do meu estado de ânimo e fui diluindo o assunto. Alcântara, Marília e Bárbara me cansavam. Ágata também, quando assume seu ar de Torre, quando faz parecer saber mais do que está dizendo.

Rhian sempre apoia cafajestes, Ágata espichou.

De quem você está falando, Ágata?, riu Marília.

De ninguém.

Se defendem, Marília falou, olhando para Bob.

Minha esposa foi ao banheiro. Bárbara se levantou e foi com ela. Marília aproveitou e saiu para telefonar.

Eu continuava de fastio. Encontros assim sempre me trazem algum arrependimento, melhor seria ter ficado em casa, indo e vindo numa rede na varanda.

Marília voltou primeiro. As outras retornaram animadas. A esposa de Bob parecia adivinhar meus pensamentos sobre a verdadeira amizade.

A amizade é dez vezes mais perfeita que o amor. Aliás, o amor é imperfeito, vocês não acham?, ela perguntou com seu drinque no ar.

Bárbara sorriu disfarçando o quanto seus pés brincavam embaixo da mesa.

Bob Alcântara se perfilou e, dali em diante, o encontro ficou igual a todos:

Você tem mesmo coragem em se dizer minha amiga, ele falou. Tudo o que você quer é estar ao lado de quem está no alto, Marília.

Ah, Bob, você sabe: não é bem assim. Você sempre tenta me colocar para baixo. Antes, até me magoava com essas coisas. Hoje, mais não.

Estavam sempre no meio da guerra. Era um amor turbulento. Não eram mais aqueles jovens que fizeram amor selvagem, entre cavalos, em um celeiro, entre trovões e os uivos da tempestade, como nos contaram mil vezes. Os anos ou o casamento deixaram somente a selvageria dos coices para os dois.

Pessoal, fale baixo. É bom parar com isso, pedi. Em vão.

Se você está tão magoada, Bob perguntou, por que nunca demonstra? E eu aqui, esse tolo, sempre estendo a mão.

Você tem mesmo muita coragem em dizer uma coisa dessas. Dar a mão? Para ajudar? Sei o tamanho e a força de sua mão.

Marília olhava a bebida em marolas na sua taça.

Quando estive mal, você só ficava por perto, com seu sorrisinho.

Ela levantou os olhos como fosse impossível olhar para frente naquele instante.

Ontem você me disse ter perdido a esperança, mas não é bem por aí, Marília concluiu.

Está vendo aí, Rhian? Roberto gritou. Não é como eu disse? Não adianta fazer 99%. Tem gente que prefere ser infeliz por conta de 1%.

Sinceramente, Bárbara falou. Não tenho nada a ver com isso. Vou me embora.

Sente-se aí, você não vai a lugar nenhum, ordenou Marília. Ela apontou seu dedo para Bárbara como se seu indicador pudesse atirar. E insistiu com o marido:

Você nunca teve nem esperança nem nada para perder e você sabe disso, rapaz.

Bob se levantava, se sentava, como um soldado na trincheira. Brilhava de suor. Seu gim não parava de sumir do copo.

Eu sei o motivo de você falar pelas minhas costas, ele cuspiu. Já estive no meio do pessoal com quem você anda, falou, constrangido.

Sabe nada. Calaboca. Para pessoas como você o melhor é chamar a polícia, Roberto. Ela agora preferiu chamá-lo pelo nome. Nossos amigos não têm nada a ver com isso. Nem os de antes nem Rhian e Ágata, agora. Lide melhor com isso que você tenta esconder, machão.

Ficaram em silêncio. Eu e Ágata nos demos as mãos. Bárbara pegou a bolsa e saiu para ir ao banheiro. Não voltaria.

Roberto estava em pé e se sentou pela décima vez. Não se sabe por qual nervosismo, tirou o relógio do pulso e o lançou sobre a mesa como se fosse o último bem a apostar numa mesa de pôquer e quando sacou do bolso a carteira do tamanho de um hambúrguer juramos que era outra coisa. Se sentou, derrotado:

Você preferia me ver mutilado ou morto. Por que não admite que é isso mesmo?

Não, você é quem precisa admitir algumas coisas, querido.

Agora sei como você está insatisfeita com sua posição e com seu lugar. Fico realmente triste com isso, falou meu amigo.

E Marília:

Você não compreende o quanto isso não é problema meu?

Aí Bob submergiu:

Tente se colocar um pouco no meu lugar, pelo menos desta vez.

E ela o imobilizou:

Sim, José Roberto Alcântara, o mais fodido de todos os Roosevelts. Eu desejo estar no seu lugar uma única vez. Se eu pudesse ser você nessa única vez, você saberia o quanto é desagradável simplesmente olhar no seu rosto, Bob.

Os minutos seguintes pareciam a música mais triste. Bob esperou o mar se acalmar pegou seu hambúrguer e seu relógio sobre a mesa, deixou uma grana sob a taça, se levantou e foi embora.

Marília desviava o olhar para os lados, estava afundada em si mesma e, uns cinco minutos depois, seu rosto ofereceu um discreto sorriso de "boa noite" e ela também partiu.

Se não era um coro ou música, era a ópera real da vida a dois o que acabávamos de assistir. Todas as palavras nos atingiam por todos os lados. Ágata estava concentradíssima e serena, sereníssima e concentrada, e essa sua forma particular de contemplação me dizia o quanto se sentia triste. Nossas memórias doíam. Eu, ao meu modo, me entretive pensando em máquinas transando com bichos, ou cobras fornicando com porcos e éguas e consigo *ver* a bela família que nasce daí, do mundo admirável, onde podem viver criaturas em tempestades assim como Marília e Bob, bobs e marílias.

Marília e Bob travariam outros assaltos em casa. Isso preocupou Ágata. Conheço seu olhar e ela, em algum momento, pensou em convidar a amiga para dormir conosco.

Mas não estávamos dispostos a nos envolver tanto e seria péssimo explicar isso a nossa filha.

Eu e Ágata ficamos em silêncio até em casa.

A caminho, tentei pegar de novo sua mão e ela a puxou para si. Tentei beijá-la e ela se retraiu no banco de passageiro, cruzou os braços, me evitou, não somente pelos meus beijos salgados dessa vez. Ao chegarmos em casa, resolvemos: daquela noite em diante, era melhor ela dormir na cama e eu no quarto de hóspedes. Decidimos ter uma vida dissipada, dormir todos os dias pouco depois de escurecer e acordar com o raiar do dia. Eu saía para correr. Ágata não sei como matava o tempo. Na nossa visão, isso parecia ser o mais natural, buscar algum tipo de dignidade para vida a dois, isso todos deveriam seguir. Resolvemos, também sem discutir ou combinar, a partir dali, só sair para ver quem queríamos ver e, na medida do possível, evitar os demais.

★★★

Agora, estamos, eu e Ágata, de novo, em silêncio, na abadia, e sua voz me restaura:

A gente podia ir embora daqui.

E aonde a gente iria, querida?

Pegar estrada.

E pra onde, meu bem?

Para Miami. Que tal? A gente ainda tem dinheiro, não tem? Sobrou algum, não sobrou?

Eu não tive como falar nada. Fui ao banheiro, porque precisava me afastar para fumar. Dei dois, três tragos e me sentia muito mal ali. Temia a instabilidade daquele anjinho. Eu queria pedir desculpas. Perdão. O que posso dizer a ela?

Quando voltei, aquela melancolia das santas estava de volta ao seu rosto. As sobrancelhas se curvavam, grossas, sem vaidades, os olhos estavam incomodados pelo sol, o suor escorria pela pele:

Ah, eu gostaria mesmo era de desaparecer.

Desaparecer? Há sempre um sinal, um bip, hoje ninguém mais some, meu amor. Vivemos em um tempo onde nem isso se consegue.

Sumir deve ser a felicidade completa, Ágata falou. Os direitos humanos deveriam se encarregar disso por nós, não? A quem interessa os direitos humanos para os *pets*, Rhian? Me diga mesmo. Aliás, até os cães e os gatos somem. Desaparecem. Têm o direito. Eu não. Eu não?

Talvez haja certo exagero seu nisso dos direitos humanos, minha gatinha.

Ou não. Tem animal com mais direitos por aí. Vou requisitar meus direitos animais, qualquer dia.

Ágata riu e entre gargalhadas imitava um cachorro, um gato, um leão ou leoa. Até certo ponto foi engraçado. No entanto, ela continuou com aquilo por tempo demais. Talvez não lhe fizesse bem. O pessoal da vigilância ficou atento e um deles vi quando falou pelo rádio.

Pare, Ágata. Você me deixa preocupado.

E por quê?

Você ri alto demais. As pessoas estão olhando.

Que se danem. Queria estalar os dedos e elas desaparecerem.

Ágata estalou os dedos e as pessoas desapareceram para ela. Mas não tinha nenhum sorriso e seu rosto era um entardecer dentro do entardecer.

Eu desapareci, Rhian. Desapareci. Desapareci para todos.

Um dos azuizinhos, assim Ágata chama os assistentes, se aproximou. Eram todos muito baixos e isso os fazia agir de forma autoritária o tempo todo. Além do macacão azul-escuro, de mecânico, esse vestia o chapéu parecido com uma torta ou merda de cavalo, que deixava seus olhos encobertos por uma faixa de sombras.

Por alguma razão, aumentaram o volume da música clássica. Vejo sinais de perigo nos panoramas mais calmos. No casal silencioso à beira da lagoa. O homem olha para o céu, aquela trama de cetim. A mulher olha a lagoa, aquele lençol de água triste. Um tempo mais, notei como permaneciam imóveis. Descobri serem tão vivos e de pedra quanto o banco ornado por leões rampantes onde estavam.

Todo mundo se confunde, disse Ágata. Todo mundo, menos eu, reforçou.

Mesmo nas coisas mais grotescas, inflexíveis, gigantescas, a abadia é um lugar para os olhos.

À margem, mesmo distante, vejo uço moscas enormes zumbirem ao redor do lodaçal e suas vibrações verdes de oceanos falsos. As rãs voam da estagnação e esticam a linguona e engolem uma, duas, três mosquinhas, de cada vez. Depois coaxam luminosas. Paira um silêncio de luto por algum tempo. O pacto de paz das iracemas. A paz dos anos. Há grandes narcisos no centro daquelas águas e essas flores trementes parecem lanças de gelo a derreter. Parecem mais reis brancos. Tenho dúvidas se o homem olhava para o céu e a mulher para a lagoa, porque agora é o contrário que acontece. Me assombro com o silêncio higiênico dos anjos em pedra-sabão da abadia. Há perigo em tudo.

Mais perto, eu me admirava com cinco gansos saindo tranquilos do laguinho ao lado do refeitório. Mais perto ainda, o homem atravessava o jardim medicinal e deixava para trás algumas galinhas perfeitas de brancura em torno do carrinho de mão vermelho. Não é uma pintura. Parece um poema. Vermelho.

Me recordava alguém longínquo que vi um dia, na rua, avançando perigosamente os sinais.

Com um gesto vermelho, pedi para o azulzinho não se aproximar. Ele parou, fez uma espera amarela, e depois avançou. Insisti, com gesto mais firme, para nos deixar em paz.

Não adiantou. Ele se deu sinal verde.

O senhor está bem?, me perguntou.

Estamos bem, sim.

Não parece. Não se permitem gargalhadas na abadia. Mandaram esta senhora parar. Por obséquio, silêncio. Positivo?

Ele demonstrava sinais de atordoamento ou senilidade, e tudo o que fazia era como pedisse desesperadamente para alguém lhe dar um murro.

Não acha melhor obedecer? Ele se dirigiu a Ágata: É para seu próprio bem.

Eu ia reclamar, ameaçá-lo, podia dar-lhe um soco e fazer seu pescoço girar, mas Ágata riu. Parecia uma forma comum de tratamento entre eles. Havia uma repugnante cordialidade na ameaça.

A ideia de esse "para seu próprio bem" ter um pretérito me irritou de verdade. Fechei o punho. Poderia agarrá-lo pela gola da farda e socá-lo com minha esquerda. Ele iria rolar pela escadaria e cairia vaso estatelado lá embaixo. Não estava disposto a permitir sermos repreendidos daquela forma. O que podia acontecer? Me multariam pela agressão. Não sei se aqui funciona como em Cromane, onde o Supremo Tribunal está louco e a pena para algumas agressões é maior que a de assassinato. Então, você só precisa fazer bem as contas. Bater no rosto de um homem pode levar você à cadeia por dez anos. Matar ou estuprar são crimes afiançáveis. Se você não tiver grana, mas tiver os amigos certos, sempre há alguém para fazer o depósito e compensar qualquer injustiça.

Estamos sem dinheiro e amigos para exageros. Além do mais, me pareceu tudo bem para Ágata. O azulzinho seguiu ileso pátio aforadentro com seu chapéu de torta. Eu poderia pelo menos ter-lhe dito:

Gostaria que você tirasse o dedo da cara da minha mulher.

Não disse. Detesto represensões e me faz mal não reagir, mas sempre algum motivo me impede. Isso não é bom para mim.

Ágata sorria. Ela se levantou, pegou o livro e estalou os dedos outra vez.

Estava me lembrando daquele nosso amigo.

Qual, Ágata? Nem sempre acompanho suas lembranças, meu amor.

Sharid.

Você deve estar falando do Said. Não é o ourives da rua da Fortuna?

Não, a rua era a rua da Fundição.

Não importa. Mas era o Said, tenho certeza.

De toda forma, o nome não importa. Me lembrava da história. Sobre o cliente que lhe pediu para lhe fazer um anel...

Então era mesmo o Said: ourives era o Said.

Ela riu de novo. Depois tocou meu rosto, apertou minha testa com os dedos e ficou alguns segundos investigando algo dentro da minha cabeça.

Esse Said recebeu uma encomenda curiosa, disse. O cliente queria que ele fizesse um anel com uns cordões e medalhinhas. Você se lembra?

Deixei que falasse. Gostava do seu toque em meu rosto:

Eram umas merdinhas de joias. O pai e a mãe deixaram para ele. Deixar? O termo não está certo. Seja como foi, as joias estavam com o homem há anos e panos, pelo que nos contou o Said seu amigo. O que havia? A política *desapareceu* com os pais do cliente. Ah, mas o ministério da defesa devolveu seus cordões e uma medalha. Não foi assim?

Me lembro salteado.

Talvez você tenha saído na hora, nessa parte. Não tem problema, lhe conto agora:

"Senhor, arme um anel com tudo isso. Um anel que me faça desaparecer, também."

"Também?", perguntou Said.

Daí o homem contou a história dos pais, que você já conhece.

Ágata parou um pouco, olhou para os próprios pés e foi subindo o olhar como se visse a si própria de fora, fora do corpo, o Efeito Torre em Ágata, como diziam nossos amigos, seus olhos de drone, como escaneasse o corpo inteiro.

Não é triste, isso, Rhianzinho?

Eu estava distraído. Quando nos tocamos pela última vez? Na verdade, olhava para o azulzinho, uma borra no jardim todo florido de amores-perfeitos, laranja, gigantes, nascidos já oxidados há muitos verões.

Triste? Por que isso é triste?

Ah, você não está aqui, me parece. O fato: um homem pede ao ourives para fazer um anel com a herança dos pais desaparecidos. A parte triste: que arme o anel com o poder de fazer o homem mesmo desaparecer.

É verdade. É melancólico.

Ah, rapaz. Você sempre precisa dar um arremate. É triste. Tristeza é uma coisa. Melancolia é outra coisa.

Antes de conseguir me defender, Ágata foi mais rápida.

Sabe quem sente.

Ficamos calados vendo o sol violeta se calar. A palavra *calado* me lembrava o sol e um navio encalhado e a letra ômega. E fiquei sem saber o paradeiro do homem.

Contudo, entendi aonde Ágata queria chegar no seu sonho de desaparecimento.

Quanto tempo já se passou? Uma tarde? Uma tarde há dez anos? Uma longa tarde de dez anos?

Lembrança puxa lembrança, e aquele ponto azul no meio do jardim, lá longe, me fez pensar de onde recordava do homúnculo de azul com chapéu de torta.

Agora me recordo: do filho do contador. Só não são a mesma pessoa porque vi o fim do filho do contador. De algum jeito, as ideias são estilhaços ou se juntam, se amalgamam, palavra certamente da ourivesaria. Se já contei, conto outra vez, antes de tudo desaparecer.

Foi na rua dos Sinais, o farol estava fechado e tive uma estranha conversa com um desconhecido:

"Meu pai foi preso porque se contradisse."

"Que coisa. Por acaso era um filósofo?"

"Em casa não temos filosofia. Era contador da mineradora."

"Ah, nesse caso é mais sério. Na contabilidade - é -, + é +. Fora aquelas vezes, quando + é - e - é + sério ainda."

"Se vê logo o quanto você entende das coisas. Você é contador?"

"Filósofo."

"Se fosse advogado ia lhe pedir para assinar uma defesa assim para meu pai."

"Seria curioso. Há quanto tempo ele está preso?"

"Agora está livre."

"Ah, o soltaram."

"Ele se matou de vergonha na prisão. Não teria coragem de fazer sequer declaração de imposto de renda para um pobre depois de tanto ultraje. Mas na frase seguinte disse que continuaria montando livros Razão, escreveu no bilhete."

"Que sujeito contraditório. Porém, para nada serviria uma peça de advogado, agora."

"É, desculpe, penso o tempo todo em fazer justiça a ele, sabe? Já vi tanta gente ser ressuscitada."

"Quer um conselho? Esqueça."

"E como é que se diz ao ódio: 'Esqueça'? Com filosofia?"

"+ ou –", respondi ao homem.

"Contradizer-se neste país é uma desgraça. Ou uma salvação."

Antes de ele dar um passo pensei em desmentir:

"Não sou filósofo coisa nenhuma. Ou sou um, mas sem filosofia."

Mas o deixei dar outro passo em busca da honra e da justiça, sem mesmo esperar o sinal mudar a cor.

Ninguém salva Ninguém

Ágata brincava com a flor, a margarida cuidadosamente arrancada do talo.

Tentava recuperar a intimidade e quis abraçá-la. Seu suor tinha um leve aroma ferroso ou de manteiga e cravos, mas ainda dava para distinguir seu perfume por debaixo dessas camadas.

Outro dos azuizinhos marchou até nós. Lembrei do Código da Abadia. Me afastei, a contra gosto. Não queria encrenca.

Ágata entendeu.

... estamos juntos, completei com palavras uma frase em minha mente.

Ela era outra vez a criança, nisso das crianças temerem o inferno. Se encolheu sobre a cadeira de ferro do jardim e abraçou as próprias pernas e gritou o nome da nossa menina duas, três vezes:

Jade, Jade, Jade.

Ali Ágata teve uma das suas crises de choro mais cruéis.

Por favor, se controle. Você está fazendo cena.

E eu com isso? E eu com isso, Rhian?

As pessoas não se moveram. Era como esperassem esse momento durante os dois últimos anos. As freiras lá embaixo preparavam o almoço, os voluntários ajudavam com as frutas, qualquer atividade que dispensasse a inteligência. Ninguém se abalou. O cara com macacão azul parado estava, estátua ficou.

Aiai, Rhian, por que você mente para mim?

Então, nem aí para as normas, corri e a abracei, ela encapsulada em si mesma, abracei-a, senti que poderia carregá-la para qualquer lado, toda embrulhada em si, lagarta.

Aquele abraço de insetos virou nosso patrimônio perdido, em um mundo perdido, todo feito de dor.

O sino tocou e descemos a escadaria e serviram o almoço. Comi pouco. Estava ainda enjoado com a gordura do sanduíche na chapa, da lanchonete do Maurício, na estrada. Não tinha fome. Não queria nada. Precisava somente esperar as horas passarem. Mas elas paravam.

Ágata comeu de forma automática: alface, berinjela, couve, seu prato parecia uma natureza-morta. Ela rejeitou o naco de carne de ovelha que a irmã insistia em colocar no seu prato.

Ela girou o corpo firmemente uma, duas vezes, e a freirinha foi incomodar outra miserável com sua generosidade.

Depois, descansamos sob as jaqueiras, enormes.

Tive o mesmo sonho por um mês. Não pude contar a ninguém, Ágata comentou. O Código da Abadia proíbe contá-los. Posso contar pra você?

Claro, querida. Entre nós não há segredos, não é? Não?

Ágata pegou o livro e começou a me contar de modo aos homens de azul pensarem de ela ler em voz sussurrada. Cheguei mais perto:

Era um sonho simples. Mas parecia eterno, nisso de não acontecer quase nada na eternidade. Era um cemitério como aquele que vimos numa viagem, todo branco, alvo, lindo.

Ah, o cemitério bizantino. Em qual viagem mesmo o vimos, meu bem?

Eu não me lembrava. Ela também não.

Seguiu:

Era um palco de quilômetros todo em branco: pedras brancas, grama branca, o céu branco, o infinito aquele mar de leite, branco. Infinito, não: eterno.

Eterno?

Sim, querido. Infinito é diferente de eterno, aprendi aqui. Mas me deixe contar: eu caminhava vestida de um luto negro.

Ela parou para virar a página do sonho.

Aliás, me lembro agora de algo antes de me lembrar disso outro: a princípio ouvi vozes e senti rondarem a minha volta. Eram um bafo como dos cães. Alguém tirava ou roubava de minha cabeça aquela tiara linda que ainda deve estar em algum guarda-roupa lá em casa. E, aí sim, falo da outra lembrança: havia alguém comigo. Mencionei de estar vestida de preto?

Sim, você falou, respondi. Não podia lhe contar de que não há mais a casa. Os bancos não têm compaixão de ninguém. Ela continuou:

Eu estava com esse mesmo chapéu, as abas dobradas assim também, mas havia plumas aqui, no topo. Não sei quem me deu um arco e uma flecha. Carregava aquilo como fosse uma caçadora experiente e não me incomodo com o pássaro cravado na ponta da flecha. A ideia do pássaro espetado na ponta não me angustiava. Só agora. Então eu me via diante do jazigo também negro, de granito o mais escuro, em contraste com todos os outros, que eram milhares, todos branquíssimos. Era sol claro, meio-dia como mais ou menos esta hora, mas fazia frio. Um túmulo é mais bonito com as negruras do tempo, acho. Mas aquele negrume era algo terrível de se ver.

Gotas de suor escapavam por baixo do seu chapéu de velejador, e Ágata as enxugou com as costas da mão.

Gosto de rezar, você sabe, mas me via a mim mesma de longe e parecia me envergonhar de rezar. Queria dar o fora.

É, não combina nem um pouco com você. Mas era sonho, não era?

Talvez nem seja. Não sei. Eu estava triste e sozinha.

E a outra pessoa, não havia alguém com você?

É estranho, me disse, agora me lembro mais nítido: desapareceu.

Desapareceu?

Mas esse fato também não me perturbou. Sempre estive sozinha nos meus sonhos. Me assustei quando o jazigo abriu as portas para me engolir.

Olhei para Ágata. Seus olhos de horror. Tentei distraí-la.

E essa pessoa, Ágata, poderia ser quem? Poderia seu eu?

Calado, Rhian. Não sei, realmente não sei. Não se pode falar de sonhos, aqui. Eu estava perdida. Ontem à noite, fui engolida.

E fechou o livro.

Ela já *lera* esse sonho para mim outra vez. Foi pouco depois do seu aniversário, quando estive na abadia pela outra vez.

Você conhece alguém que tenha comemorado seu aniversário de 50 anos entre muros tão altos, janelas engradadas, sobre os próprios passos ou os de são Galo, em milhares de passeios solitários?

★★★

Lisieux gastara a vida se recusando à mão de homens e mulheres e morava sozinha colecionando contracheques. Acompanhando as novidades dos dissídios e precatórios que pudessem aumentar seus ganhos de precoce aposentada na petroleira. Era uma mulher esguia e sofisticada, frequentara a faculdade, defendera uma tese sobre o piche, e viajara sem emprestar muitas cores de sua alegria a alguns lugares do mundo, porque as colegas casadas, da repartição, iam e vinham em excursões onde podiam flertar com italianos e franceses e árabes e até mesmo davam para eles, sem fogo nenhum, mas a aventura é a chave de ignição das novas-ricas. Enquanto me falava desses fatos, a ainda bonita Lisieux me explicava o quanto tentava salvar o irmão mais velho de um câncer.

Não se pode salvar ninguém de um câncer assim, eu tentava dizer.

Ela sabia. Mas os pulmões do irmão não eram o problema maior, me disse. Era sua cabeça, sua péssima cabeça de egoísta.

Meu irmão não levou em consideração o quanto me sacrifiquei por ele no último ano, Rhian. O médico lhe disse: se sonhasse em fumar outra vez, fizesse isso com prego e martelo nas mãos, construindo o caixão.

E então?

Então voltou a fumar como uma chaminé a gás.

Ela se referia às chaminés das refinarias, o fogo e o fumo escuro, como vemos nos filmes, no meio do mar ou do deserto, o reino de Lisieux.

Estávamos em um restaurante de sushi iluminado por neons azuis e verdes e era mais parecido com um aquário que mesmo um aquário real. Ali, peixes e mocreias já sem ar comíamos bolinhos, certos de termos aprendido a viver fora d'água e de agora sermos terríveis anfíbios.

Os médicos exageram, não?, acendi um cigarro.

Não. Embora ele pareça até mais saudável. Claro, paguei toda a porra das internações, das comidas parenterais, esse é o termo. Ele ignora meu esforço por completo. E o da filha. E o do filho. Até da sua péssima esposa; essa não o ama. Nem ele ama ninguém. Eu poderia ter viajado com esse dinheiro. Doado às missões de Santa Terezinha. A ingratidão é o inferno.

Lisieux sofria com cada frase e pensei em fazer a pergunta certa:

"Você tem certeza de que o ama somente como irmão?"

Os amores são dúbios. Mas não tenho vocação para a psicologia, e tentei lhe mostrar algo que nem eu mesmo acreditava, adivinhar as palavras como ela quisesse ouvir:

Ninguém salva ninguém de si mesmo.

Pensava na minha própria vida quando falei a frase. Continuei:

Além do mais, como você fala, Lisieux, ele é um homem velho, liquidado pela doença, pela pobreza, pode restar muita coisa a alguém assim? Deixe o cara morrer em paz. Chaminezando ou não, não há muito a fazer, ou estou enganado?

Minhas palavras não modificaram seu rosto de argila fresca, e pensei em desfazer uma daquelas rugas com meus dedos e um pouco d'água como os escultores. Então acrescentei com um pouco mais do meu barro moral:

Você já fez tudo. Resta amar.

Inesperadamente, seu rosto floresceu.

O que você disse?

Resta amar seu irmão, agora. Sei o quanto o ama. Agora, ame o cara por você mesma.

Ela se aproximou. Estava tão perto que cheguei a sentir o fresquinho de sua respiração. Lisieux tomou com calma o cigarro dos meus dedos, seus lábios eram rosados, e primeiro deu um leve trago. Soprou. Quando baixou o braço, suas pulseiras de ouro tilintaram e brilharam e provocaram reflexos azulados nas paredes do quarto. Depois deu um longo trago, longo e profundo, e disse:

Você tem razão. Toda razão. Que se foda. Eu o amarei até o fim. Estou puta de ódio por causa dele. Mas juro amá-lo. Não posso fazer mais que isso, não é?

Essa história poderia ter se passado entre mim e Ágata. Há tempos extávamos, digo, estávamos perdidos nisso de um salvar o outro. Se algum dia perguntarem à Lisieux sobre essa nossa conversa, certamente dirá que nunca aconteceu, pois os ricos aprendem tudo sozinhos com o dinheiro. Não importa, falando para ela, falava para mim mesmo, e assim aprendi nova dimensão do amor em relação à Ágata.

"Ninguém salva ninguém de *mim* mesmo", sonhei falar essa frase a alguém em um sonho todo iluminado e me divertia com a lembrança e com essas leves alterações enquanto conversava com a perdida Lisieux.

***

Posso lhe fazer companhia, Ágata, só não quero comer nada.

Você não está bem. Notei assim que lhe vi. Lhe conheço. Podemos ir ao postinho, na outra ala, ela disse, se referindo ao ambulatório da abadia.

Não, não é para tanto. Comi mal a caminho.

Você quer ir ao banheiro?

Talvez, eu disse.

Deveria ir logo e se livrar disso.

Vai passar, cortei a conversa antes de Ágata entrar no seu modo maternal e querer controlar até meus intestinos. Deixo-a nas suas tentativas e me transporto em lembranças, a começar pela lanchonete de Maurício, de horas antes, numa beira de estrada qualquer entre Cromane e a abadia.

Ele é um homem enorme, indolente, a boca caída, os olhos enrugados. Está com os cotovelos apoiados no balcão. Era difícil entender como nunca recorrera a uma reforma para elevar o teto daquele cuvico. Deve ser difícil para ele entrar ali todos os dias e se manter encaracolado do fogão ao balcão o dia todo.

Minha perna treme de cansaço e afasto-a um pouco do contato com a bancada. Achei que o homem pudesse notar os tremores, pois eles sacudiam levemente o balcãozinho.

Você me dá um desses?, apontou com os beiços para meu bolso.

Estou com as mãos ocupadas ou banhadas de gordura do sanduíche feito na chapa. Ele se adianta antes de eu dizer sim.

Não se preocupe, falou.

Ele tira o maço de cigarro do bolso da minha camisa, se serve de um, devolve o restante. Suas mãos não tirariam boas notas na vigilância sanitária. Meu isqueiro está no bolsinho da calça. Como não somos tão íntimos, ele prefere ir ao fundo do cubículo e providencia o cigarro na boca do fogo, do fogão. A chama chamusca o cigarro. Daquele momento em diante, sinto o fedor do gás butano se alastrar. Ele não liga. Fuma.

Estão dinamitando tudo, falou lá detrás. Voltou ao balcão. Deviam dinamitar os ônibus dessa cambada de filho da puta.

Dinamitando?

O senhor não ouviu há pouco outro estrondo?

Não.

O senhor é como essas pessoas daqui. Por conta de tantas explosões, já não ouvem. Ficaram surdas.

Eu não sou surdo, só não ouvi nada.

Daqui até a merda do fim do mundo as mineradoras vão explodir tudo. As pedras vão vencer, você vai ver. Pode olhar: são dez horas em ponto. O próximo tremor vem às quatro. Eles são nosso relógio.

Sim, senti.

Bebo refrigerante de laranja e tento buscar o entusiasmo da publicidade. Aquele momento é valioso para mim e, mesmo com o calor e a conversa fiada, poderia ficar ali por um século mastigando o pão, o presunto, o queijo. Um momento de interrupção. Preciso disso, de interruptores por todos os lugares da casa, sobre a mesinha, na cama, no vai e vem do corredor, clic, clic.

Penso como se conversasse em outra língua com esse homem. Seus olhos estão empolados de ódio. Sua revolta transcende tudo. Parece perdido. Calma, Maurício, é só seguir as placas, as orientações, penso. Ele continua a olhar para o restaurante em frente, de vidro, brilhante, lotado, seu olhar sob sombras, como a autômata, de Hopper, na cafeteria, admirá-la faz Ágata chorar. Se ela pudesse, mergulharia de cabeça naquele quadro. Esse automatismo me seduz um pouco, confesso mentalmente para Maurício.

As pernas relaxaram e pararam de tremer.

Os turistas começaram a voltar em fila para os ônibus no outro lado do pátio.

Por que o amigo simplesmente não vai embora?

Não tenho dinheiro sequer pra mudança, freguês. Essa é a verdade. E, aliás, pra onde? O problema é a vida, não o endereço. A vida é a vida em todo canto. Tem desses filhos da puta em todo lugar do país. E, fugir por fugir, já estou fugindo há muito tempo.

Ele falava sozinho:

Está todo mundo fugindo. Olha pra eles entrando no ônibus. Estão em fuga. Tá todo mundo fugindo de qualquer porra, o senhor não acha?

Fiquei calado. Maurício gritou sem sair da lanchonete:

Vão embora, fujões, cambada de vagabundos.

E voltou à conversa, agora como um professor:

Isso aqui só se ajeita com outra guerra, ele disse batendo forte no balcão.

Você fala sério?, perguntei.

Falo de coração. Uma guerra nossa. Pra endireitar ou esquerdalizar de vez. Que me importa? Só uma guerra vai enterrar uma boa pá de filhos da puta.

Eu comia sem fome. Bebia sem sede.

É preciso tratar o mundo como o mundo merece, falou.

Ele tinha fome de falar e falava e amaldiçoava os ricos. Meus pensamentos continuavam longe, distantes dos meus sentimentos, como houvesse, e há, duas estradas-rios dentro de mim. Longe. Aonde foram? A vários lugares, se antecipam em visões de Ágata, mas quando mergulho de volta à realidade são lembranças do meu pai que me aterrissam. Eu o acompanhava quando ia à casa dos ricaços afinar seus pianos. Nessa hora, ele preservava o espírito gentil e olhava para mim com seu olhar de Jesus Cristo na cruz e dizia:

"Tudo bem, está consumado, vamos embora."

Isso era antes de montar a fábrica.

O fedor do gás do fogão me impede de acender meu cigarro. Penso o quanto Maurício gostaria de que tudo fosse pelos ares qualquer dia.

Que me importa?

De algum jeito, a voz desse Maurício da lanchonete, sua figura rota, me lembravam meu pai. No entanto, meu pai estaria mais conformado com a vida e teria mais medo dos castigos de Deus e praguejaria menos.

Não vê o Japão?, continuava o cara quando *voltei*. Não fosse a guerra, seria um japãozinho de merreca, o povo comendo vira-latas e andando de tamanco. Depois da guerra, o povo do Japão manda em tudo. Você sabia? Os japoneses comiam os corpos dos companheiros no campo de batalha, pra honrar os amigos, pra sobreviver.

Nunca ouvi falar. E olhe: leio uma coisa ou outra.

Não li.

Ele pegou o celular e me mostrou um filme na internet.

Rapaz, que nojento. Isso não é verdade. É montagem.

Agora, tudo é montagem, então? Ninguém quer mais ver a realidade das coisas. Você vê e mesmo assim não acredita? Ninguém acredita mais em nada. Montagem, nada.

Ele recolheu o celular do balcão:

Eu torço pelo Japão na próxima guerra. E você?

Eu me decidia se buscava sentido para a palavra montagem no reino da mecânica, da bioquímica ou dos espetáculos de teatro. Todos os sentidos servem para o mundo?

Não torço por ninguém, respondi. A guerra é a pior coisa.

Não pra mim. Se eu for pra guerra, volto rico. Ele apagou o cigarro pela metade, iria fumar mais tarde, intuí. Seu senso de economia me comoveu.

A guerra é a pior coisa, homem, repeti.

Venha pra esse lado do balcão um dia, freguês. Aí você vai ver. A guerra iguala *eu* e o dono ricaço dessas franquias. Detesto franquias, Menos uma: a guerra. Ela iguala todo mundo.

Quem disse?

Meu avô. Aquele outro filho da puta foi à guerra e me disse, respondeu o homem com sua boca de ralo.

Quanto lhe devo?

Entro no carro. O motor ainda estraleja, quente. Baixo os vidros. O hálito abafado entra na cabine e isso não alivia o calor. Pior: tenho asco do suor frio que escorre pela gola da camisa e me lembro das rãs e de Denis.

Enrolo a flanela no pescoço e viajarei um pouco assim, até tudo se refrescar. Estou fedendo a suor, gordura, gás de cozinha e temo explodir de uma hora para outra.

Antes de tocar o volante quente, estalo os dedos como os violonistas se preparam para o concerto. Rodo dois, três quilômetros até ficar confortável pilotar, passar as marchas.

Dez e quinze no relógio do *tabelier*. Devia ter deixado um cigarro a mais com o cara. Me sinto ainda tocado com sua economia de guerra. Diária.

Estou preso entre duas carretas. O motorista de trás me pressiona. Preciso avançar. Quando tento, outro caminhão passa a duzentos por hora, pela outra faixa. Se não enfartei, não enfarto mais. O motorista de trás cola no meu para-choque. O da frente me impede. Se divertem comigo.

Aproveito a mínima brecha, toco para o acostamento, e deixo meu coração voltar ao lugar. Deixo irem embora. Desligo o motor. As costas doem de tensão. O pescoço dói e estala alto quando movo a cabeça. Saio para regar o acostamento. Fico um pouco ali vendo os quilômetros do bambuzal uivarem ao vento e assim, ainda envergado, retomei lentamente à viagem.

Minha próxima parada será na abadia das iracemas. Mais cem quilômetros. Quero e não quero avançar, quero e não quero ver Ágata de novo.

Sem pensar, penso. Quando até meus pensamentos entrarem no automático, deverei me sentir melhor. Isso é um paradoxo?

Vejo na paisagem a grande torre de energia eólica e me lembro do destino e de uma chaminé e me lembro de Lisieux, do irmão canceroso de Lisieux.

Uma família de peregrinos aproveita a tripa da sombra para descansar. As hélices giram com calma. Penso na vida e na morte.

Deixo o cara morrer em paz com seu câncer, não tenho nada com isso.

Me estico, retiro o isqueiro do bolso da calça, acendo o cigarro. Guardo o isqueiro outra vez. Deixá-lo sobre o *tabelier* pode fazê-lo explodir com o calor. Guardo automático fumo automático explodo automático ultrapasso automático.

Baixo a zero o volume do rádio. Não gosto de música.

Estudei violão no conservatório. Meu pai guardava seu maior gosto por aquilo. Ele andava com minha carteira de estudante no bolso e a mostrava aos clientes. Mas o enganei por dois anos. Depois fiz cara de bebê chorão e desisti. Ele não era desses que perdoam fácil.

Eu deveria ter me dedicado à pintura. Mas a vida.

Denis, homem de confiança do meu pai, o convenceu a me deixar em paz quanto a isso. Nisso minha mãe concordava com o empregado.

Eu ia terminar o ensino médio e havia as garotas e elas não estavam interessadas em violonistas senão nas pistas de dança e em êxtase e mais êxtase.

Tento não pensar em nada enquanto dirijo, mas de novo estão aqui as facetas desse diamante, minhas lembranças. Viajo.

Eu não ia às aulas há muitos meses. Não me sentia bem andando pelas ruas, buscava um lugar para descansar a cabeça. Evitava sair do quarto com medo de meu pai e minha mãe terminarem por me esmagar com suas sandálias. Era um *hobbit* assustado, com impressão de perder a estatura dia após noite e os pés ficarem cada vez mais peludos.

Estava preso a um pesadelo e tinha medo de vê-lo se realizar, ele morava em um lugar no fundo da minha memória. Na menor bobeira, explodiria. Temia de isso ocorrer do nada, na rua, e de algum jeito vivia assustado com a ideia constante do vexame da humilhação. Entendo quando Denis falava de me tornar um animal, a rãzinha, a aranha a perder as patas, qualquer forma de submissão. Então era um bicho autoapaziguado, embora soubesse de algo queimar o tempo todo aqui dentro.

Evitava circular por ruas desconhecidas, junto a terrenos baldios ou ruínas. Desviava-me do bairro do Fauno, na entrada da cidade, com monumentos arruinados. Não teria problemas, porém, em passear por Roma ou Tel Aviv naquela época, uma hipótese, somente. A ruína deles é bonita. Andar sobre a própria ruína tem efeito asqueroso. Nossa ruína é a mais feia.

Se saía, nos passeios as pessoas me pareciam longínquas e irreais. Essa vertigem me tirava de combate. O medo me obrigava a voltar à casa pela mesma teia, tomado por palpitações tão fortes que só podia dar um passo depois do outro entre muitos suspiros. Achava a palavra *suspiro* feminina demais. Essas hesitações aconteciam há bom tempo. Tinha medo de dormir, por conta do sonambulismo, essa terrível falha elétrica em mim, porque quando despertava, por exemplo, na sala e não no quarto, ou tentando cortar a tela de proteção das janelas do sexto andar do apartamento dos meus pais, meu coração batia assustado e a sensação era de o corpo pifar a qualquer momento. Pedi para ir ao médico, porque precisava manter a mão no peito o tempo todo, os dedos no pulso ou no pescoço, pressionando a carótida, mas alguma palavra do meu pai entrou da forma errada nesse pedido de socorro, e desisti. Aprendi sozinho a ensinar ao coração a não se arrebentar. Por mais estranho que o mundo pudesse parecer, me convencia de que o anormal era o normal e daí, a muito custo, tudo se acalmava.

Ler me acalmava. Beber me acalmava. Fumar me acalmava.

Mas me lembro de tudo ter piorado quando comecei a ler as partituras. Vai se saber?

Lia romances. As histórias mais emocionantes me davam a sensação de estar no controle. Evitava poetas como Allan Poe ou Emily Dickinson. Quando pensava nos seus planetas, me via a 4 mil quilômetros de escuridão, no fundo mais fundo do oceano, com seres ainda não catalogados.

Lia revistas de trívia e, claro, as suequinhas, essas não são feitas para ler.

De memória, fazia listas e listas inúteis: quantos restaurantes existem nas ruas do centro? Quantos bares no porto de Cromane cujas fachadas são de madeira? Quantos romances li durante o ano?

Lia jornais, mas eles não me ofereciam nada e isso também me apaziguava. Eu os recolhia da sala, um dia depois de meu pai abandoná-los, manchados de baba e café. Lia-os para tentar entender a cabeça do meu pai.

Se eu vencia a lassitude, visitava poucos amigos. Todos tinham o hábito para mim ainda detestável: só falam do que conhecem. Eram críticos tão vorazes quanto banais. Diferente de quando o assunto era as mulheres. Ah, isso sempre me dava disposição, disso nem eles nem eu sabíamos de nada. Falar sobre elas esquentava meu sangue, meu coração bombeava. Recitava sempre o pensamento de um filósofo para quem o amor não era mais que o encontro de duas peles e a troca de duas frágeis fantasias. Eles riam. Eu estava enganado?

Passei a visitar prostitutas. Não como os colegas faziam, em tropas. Ia sozinho. O coração estourado, passo a passo, porém não me lembro se concluí o serviço nessa época. Estava disposto a fazer o impossível para aquelas mulheres se interessarem de verdade por mim. Me lembro de Babete, a puta mais otimista, correta, elegante e moralista do mundo. Não ligava para celulites, me deixava dedá-la em toda parte como um anatomista, mas seu interesse sempre estava na TV pendurada no suporte do teto. Deitado com ela, tentava emular, como meu silêncio e timidez, o tipo enigmático e cheio de metafísica que fascina as garotas. Não Babete. Ela não era uma *garota*, porque não era vulgar.

Dividia comigo sua indignação moral e como se sentia violada o tempo todo por si mesma. Eu buscava lhe falar coisas como Denis de certo falaria nessa hora, mas tudo me saía inútil. Ela me abraçava, brincava com seus seios no meu pau, roçava sua bunda no meu rosto, dividíamos o cigarro até o fim, era tudo delicioso nisso de certa frustração provocar alguma delícia no corpo e na alma, e ela nunca desistia de mim antes do fim da hora e isso me comovia. Babete era a imagem nua, oposta da falsidade e hipocrisia da sociedade adulta.

"Nós adultos fazemos negócios e não amor. Quer amor? Pois não. Por uma nota de cem."

Ah, qualquer jovem gostaria de tê-la venerado tanto quanto eu.

Meu pai enfim desistiu de mim. Nessa epóca, me recordo de eu ter feito uma viagem de trem. Queria ser o Denis de mim mesmo. E, se fui feliz, foi nesse lugar. A ideia de o trem avançar e nada se alterar no vagão exercitou minha concentração e experimentei um tipo de relaxamento e êxtase. Até hoje, quando desconfio que vou perder o controle e o coração vai disparar, me recordo dessa viagem e me vejo outra vez no vagão. Então mantenho os olhos abertos, respiro, inspiro, devagar, e tudo entra nos eixos. Meu coração se tornava inabalável nessas horas.

Minha mãe nunca viveu neste mundo. Era uma figura plana, frente sem verso, menos que uma página. Estudou o primário e depois abandonou a escola porque intuiu de morrer cedo e nada iria fazer grande diferença.

"Mas você deve estudar, rapaz."

"Quem me fala."

"Você é quem sabe. Isso poderá lhe levar mais longe."

"Mais longe aonde?"

"Para longe de seu pai. E de mim."

Quando ela perguntava ao meu pai sobre meu futuro, eu sentia o ódio invadir seu corpo e a sala e esse ódio quebrar os pratos de cima da mesa.

No outro dia, eu comprava o bilhete e viajava nos trens suburbanos, entrava em um, saía de vários, me sentia transitoriamente feliz. Se era muito tarde da noite, e não havia ninguém nos vagões senão nós, os bêbados, podia fumar sem ninguém me olhar com a cara de padre.

Depois, metia a cara em um livro e esperava o outro dia. Os objetos e os sentimentos se misturariam outra vez? O medo da pobreza sempre voltava e, hoje, talvez entenda melhor o menino Edmundo da plaqueta do restaurante.

Denis não compreende isso. Ele não sabe do quanto é importante pessoas nos verem gastar, comer fora, consumir, viver.

O futuro é imprevisível demais, não está em nós, não tem a ver com nossa vontade, digo para ele.

E quando os anos passaram, eu lhe passava sermões:

Repetir é repreender essa necessidade de surpresa que a vida insiste em oferecer. Isso torna a vida suportável.

Bobagem.

Eu prefiro a vida perene.

Otário. Então, agora você acha que sabe de tudo, sabichão?

Realizar mais e mais coisas alivia tantas frustrações...

Procure trepar, rapaz, a vida é simples. Agora, enquanto é jovem, mas a vida toda. Nada pior que um jovem careta.

... Que há de ruim em se ter certeza de os girassóis florescerem no fim do ano?...

Girassóis, Rhianito, você jura? Você vai mesmo me falar em girassóis?

... inverno a verão, nunca haverá uma quinta estação. Isso é agradável de dizer, dizer me sustenta. Isso evita que a raiva se espalhe.

Será possível? Você virou um animal *específico*, meu chapa?

Não aparecia em casa por vários dias, depois por uma semana inteira, até que ninguém mais reclamava. Na nossa família, desistimos fácil uns dos outros. Assim ganhei doze meses de folga para navegar na oceanografia do tédio e da esbórnia de Cromane, a pedagogia dos trens, tratando de nunca concluir qualquer coisa.

Nesse aspecto, ninguém acertou tanto meu fígado quanto Ágata:

Ah, Rhian. Você é feito seu pai. Tão incompleto, tão inconcluso, tão recessivo.

Segui a vida entre desistências. Denis me incentivava a conhecer a variedade e não virar esse tal animal *específico*, como dizia.

Às vezes fico angustiado, Denis.

Às vezes, quando, garotão?

Às vezes sempre.

Mas é isso, ele disse, ele aplaudiu. Sem a angústia ninguém faz nada, rapaz.

Quem lhe disse?

Um amigo japonês. Pode crer: a pessoa sem angústia é um animal insípido e frio como uma rãzinha. Uma rã mergulhando num tanque velho. Você por acaso quer virar uma rã ontológica, Rhianzinho?

Ele ria de se dobrar. Ria a ponto de chorar.

Tchibum, tchibum, ele repetia e desaparecia na oficina da fábrica.

Eu não entendia. Por isso ria também.

Eu repetia:

Tchibum, tchibum.

Ontológico. A palavra já parece um animal insípido.

Sempre me aconselhei com Denis. Meu pai o empregara por muitos anos, por alguma piedade, quando Denis vivia com uma refeição por dia, morando em pensões e fugindo de cobradores.

Eu tinha 15 anos quando meu pai me contava as coisas mais loucas sobre ele: morou na Itália, entre mendigos. Na década de 70, virou artista nômade. Viajou anos e anos de carona, trem, barco, kombi, ônibus, a pé, para todo lado, América do Sul, África, e fez vinte vezes a Hippie Trail, da Europa até a Índia e ao Nepal. Naquelas estradas, o próprio Denis me disse, era mais conhecido que os Rolling Stones ou aquele *serial killer*, Charles Sobhraj, que matava todo mundo a caminho de Bombaim.

Estive cara a cara com a Serpente, me contou, eu me lembro muito bem.

Isso era Denis me contando no fundo da fábrica:

Eu estava viajando numa kombi, minha cabeça cheia de zumbis. Éramos dez ou onze fritando ali dentro. Eu estava atrás, eu e outro cara, sustentando a porta traseira para ela não decepar nossas pernas e o cara comigo me perguntou, em inglês:

Do you come from a land down under, where women glow and men plunder?

Traduza, pedi a Denis.

Mais ou menos isso: você vem das terras lá debaixo onde as mulheres empalhadas brilham e os homens ocos roubam?

Senti um arrepio na nuca, me contou o velho Denis. Sabia: estava diante de Charles, a Serpente.

E Denis me disse como o papo fluiu.

Fazia frio e os raios cortavam a atmosfera.

Isso foi a Serpente:

Can't you hear, can't you hear the thunder? Você não pode ouvir, você não pode ouvir o trovão?

E você, Denis?, você não teve medo?, eu insistia.

Eu me mantive calado.

E ele?

Do you speak-a my language?

E você, Denis?

Permaneci calado, Rhianito. Ele tinha um metro e noventa e era cheio de músculos.

E então?

Ele apenas sorriu e me deu um sanduíche com Vegemite e sustentou a tampa da kombi até eu terminar de comer. Depois falei, e sabia de quem se tratava, Rhian:

Eu venho de uma terra lá embaixo, onde a cerveja flui. Eu disse mais ao cara: Você só está tentando me assustar, Serpente, porque eu venho da Terra da Abundância.

É melhor você correr, é melhor se proteger, ele falou quando paramos a kombi.

E ele repetiu e repetiu:

É melhor você correr, é melhor se proteger, para não aparecer na horizontal entre viciados em um covil em Bombaim, com o queixo caído e sem muito a dizer, camarada.

E sumiu entre as torres de eletrificação e as dunas e os trovões, rumo ao subúrbio, naqueles derradeiros clarões.

Nossa, você escapou de morrer, Denis.

Aí Denis me contou de quando quase foi morto, noutra vez, quando morava numa caverna no Afeganistão, ao salvar uma mulher do apedrejamento. Foi deportado e só por isso estava vivo. Depois se transformou em um desses caras de gola preta alta ouvindo *jazz* nas boates cavernosas de Bouville. Dez anos depois, voltou, foi assessor de político, mil coisas, mas desistiu de tudo.

Até bater à porta da fábrica e meu velho se encantar por sua magreza de príncipe ou, antes, de andorinha.

Era desses artistas sem obra e sem talento. Quando jovem, foi expulso da militância política cem vezes. Não tinha comprometimento com nada e não se podia contar com ele sequer para entregar panfletos. Se lhe pagassem hambúrguer ou cerveja, falaria por horas. Era um aventureiro sem ambição a nada. Seu olhar era petulante, mas nele havia certa compaixão. Minha mãe partiu sem confiar nele. Ágata o detestava. Rodolfo, o chefe dos *luthiers*, o desprezava. Jade o olhava com ternura e o encarava como um santo banido, um anjo sem nenhuma chance.

Era um homem nebuloso. Tinha a síndrome do forasteiro. Ensinou-me mais que meu pai.

***

Meu pai se chamava William Gastal. Pode parecer, mas não tinha nada de inglês nem de francês. Era filho de maestro de filarmônica de cidade do interior, sobre quem não sei nada. Quando penso nele vejo um velho exausto de uísque, babando o bocal do saxofone, nas festas da paróquia.

Gostava de vencer a qualquer custo, sendo pobre de todas as notas como sempre foi em um país como o nosso. Então quando chegou por aqui, inventou algumas histórias de seus ancestrais e conseguiu alguma ascensão no jogo de cadeiras rumo à cabeceira das mesas, nos jantares sociais dos *clubs* Rotary e Lions e no púlpito da Loja 35 dos Spartanos, na maçonaria, onde chegou a Venerável.

Convenceu a muitos de ser da linhagem Aznavour, excelentes músicos da Europa. Se escrevesse a Christoph Eschenbach, até há poucos anos regente na Lutércia, o maestro lhe responderia com uma carta que começaria por "Caro primo, saudades."

Quando chegou por aqui, era um rapaz vestido num terno cinza, brejeiro. A roupa poderia indicar de estar indo a um culto presbiteriano ou ao próprio enterro. Aproveitou a entonação caipira e acrescentou tons do francês ou italiano. Até a técnica ficar apurada, evitava falar muito, assim parecia alguém o tempo todo concentrado na música.

Escolheu seus clientes pela lista telefônica, porque entendeu de não poder vender instrumentos musicais nem afinar pianos, nem dar aulas de violino a alguém cujo sobrenome soasse como Silva, Pereira, Souza e, portanto, não pronunciava nunca seu nome completo: William Gastal dos Santos.

Talvez isso o impressionasse no seu amigo Denis. Esse havia se feito a si mesmo, era dono de sua própria história, seu cosmopolitismo tinha sangue das cores que queria nas veias.

De todo modo era difícil ou doloroso conceber a razão de Denis aceitar o emprego na Abalon Guitar durante aqueles anos todos.

Passava o dia a anotar e fazer contas com uma calculadora Facit, só um passo mais evoluída que o ábaco. Quando a Facit e meu pai não calculavam mais, o mantive na fábrica, mesmo contra todos. Isso é outra história.

Esse querubim fedendo a cevada e de asas untadas de maionese sobrevoa meu carro, cantando:

É melhor você correr, melhor se proteger.

Ligo o rádio. Aumento o volume. São vozes dessintonizadas nos noticiários. Deixo aquela Babel funcionar. Melhor que a música.

Quando escuto música minha cabeça foge de mim e começo a pensar em estruturas em prédios em torres e forcas e cordas e cordas de metal em obras de engenharia em montagens tumultos túmulos casas sem saída labirintos de ferro e vidro em uma Miami sulfurosa com pessoas sem ar nas janelas aquários invioláveis eu simplesmente desconecto só de falar desse pavor. Bastam alguns segundos e estou exausto. Ouço o rádio por causa das notícias. Ao primeiro acorde suspeito, mudo de faixa.

Desligo o rádio. Estou atento. Minha consciência tem ondas curtas demais. Fico imaginando uma conversa e passo a ouvir as vozes:

Então você é um bicho antológico?, diz uma delas.

Ontológico, a segunda voz corrigiu.

Eu reconhecia a primeira: me pareceu o bodejar do Maurício da lanchonete. A segunda era um piado distante, achatado.

Havia a terceira, não podia ser senão o crente Manassés a crocitar:

Seja louvado nosso Senhor. A mentira sempre aparece. Então o senhor está indo à abadia; e não é a negócios, como disse. Repetiu: a mentira não falha.

O coro dos descontentes desafinava e pude ouvir grasnar o Pato Donald, o dono da lanchonete:

Feche o bico, crente filho da puta. Já ouvi falar de gente se sua laia. Ninguém é obrigado a dizer a verdade o tempo todo. Assim, o mundo já teria se acabado. E, na verdade, a mentira sempre venceu.

O senhor Maurício está certo, uma voz disse. Não existe mais essa verdade para todos.

A Verdade é o Deus é o verdadeiro Senhor, farfalhou o crente.

Mas não alcança todos, ouvimos a um trinar lânguido, do meio das nuvens ou das ondas. Era Lisieux.

Não é.

É.

Não é, rosnou a voz perdida. Se é como diz, por que esse homem vive assim?

Ah, pelo amor de Deus, esse aí não tem do que se reclamar. Vimos cruzar gente mais miserável por essa estrada.

Você é só um frentista, não fala por todos nós, berrou o gerente do posto. Volte para dentro, Manassés.

Eu quis dizer é que temos vidas mais fodidas que a dele, chefe.

Fale por você, cantou o galo. Não tenho nada com a vida de ninguém. Nem a lamentar. Aliás, há o mundo a álcool e a gasolina e a diesel, o mundo é todo *flex*. E há um para cada pessoa.

Isso é mesmo inaparável, alguém ruminou.

Imparável, emendou o homem. E a senhora, o que nos diz?

Rhian é meu amigo. Mais que amigo, ela pipiou. Todos têm seu inferno para atravessar. Deixem-no em paz. Quanto a mim, não posso reclamar mais nada. Vivo minhas escolhas, em um tipo de aposentadoria, agora.

A senhora é feliz.

Quem disse isso?, perguntei, nesse momento tocado pelas palavras de Lisieux.

Eu, aqui, respondeu o galo, o dono do posto.

E Lisieux comentou:

Feliz? Talvez, senhor. A gente se conforma.

Agora a senhora falou uma tolice, se intrometeu Maurício. Só me conformo quando vier a guerra e eu *ver* essa cambada de filhos da puta donos das franquias estirados no chão. Queria cortar suas cabeças com uma motosserra. Vocês estão ouvindo os estrondos? Os canhões devem chegar logo.

Daí, outra voz, que não reconheço senão pela expressão, e porque deixou todos calados por um tempo, falou:

É melhor vocês correrem, é melhor se protegerem, para não aparecerem deitados em um covil em Bombaim, com o queixo caído e sem muito a dizer, camaradas.

Então as vozes atravessaram a pista, foram embora, uma a uma. Um quilômetro à frente, ouvi algo mais:

Rhian?

Demorei para responder.

Rhian?, insistiu.

Sim?

Rhianito?

Reconhecia a voz.

Sim, sim. Sou eu. Estou aqui, respondi.

Tu estás sozinho?

Sim, acho que sim.

Estás com medo?

Sim, Denis, estou.

Tu estás com medo do trovão, é isso? Estás ouvindo?

Não são trovões. Estão dinamitando tudo, cara. Respondi enxugando a testa com a flanela. Não é por isso.

E do que você sente tanto medo, agora?

De tudo, amigo. Mas você me disse uma vez de isso ser bom.

Não, Rhianito, minha rãzinha. Eu não disse isso. Eu falava da angústia. Ela te leva à frente. O medo, não. "Desfruta o pânico que provoca ter a vida toda adiante", cara.

Estava difícil dirigir com os olhos queimando. Precisei parar outra vez, bem no topo da subida. De lá via a silhueta das montanhas de magnetita muito longe. Ou seria o céu agitado? Nesse instante, Denis falou algo antes de voar por suas próprias trilhas.

Proteja-se.

Me proteger? Tenho feito algo mais?

Tive a sensação de estar me traindo pois, ao contrário do que aconselhei a Ágata certa vez, era indefensável me sentir na cova de um útero, essa ideia vulgar, um útero morto, de pedra, onde todas as crianças são inconsoladas histéricas.

Me proteger? Isso significa criar minha própria cota de sombras, desejos, inconfissões, criar esconderijos para minhas serpentes. Estou preso quando simplesmente só me resta acreditar nisso.

Sim.

Prisioneiro dessa ética, dessa falta, desse modo de agir, dessa falsa higiene. Continuo dizendo sim a minha consciência também de ondas curtas, sim, sim, sim, não vejo como prosseguir. Mas me despeço das fantasias dos horizontes e retomo a estrada como dá.

Isso se chama viver, afinal. Ou estou enganado?

Saí da rodovia e no km 91 da outra estrada, li o *outdoor*: "A ti convém seguir outra viagem". Não sei o que vendia. Quando já estava na rotunda, na aba Norte da entrada do povoado, um gavião fez um voo tão rasante à janela do meu carro, que pude sentir o cheiro de suas penas. Ele rasgou a estrada e seguiu para o Sul. E, posso jurar, ele pedia para eu mudar meu caminho e segui-lo.

★★★

Quando era jovem, tinha a incapacidade de fazer caber a vida inteira em uma única vida. Os dias escorriam. Hoje se movem entre pedregulhos, a vida doméstica e comum, e isso inclui a fábrica, cujo único panorama é observá-la do penhasco da falência.

De toda forma, é sempre a sensação esse *déjà vécu*, cuja alma do momento é. Você esteve ali, lutou ali, viveu cada sensação ali, são memórias impossíveis a alguém sem compromissos com a fé, pois teria de se remeter a essa coisa sem dimensão que Ágata chama de espírito. Talvez seja o cansaço da viagem, das viagens, a vida e sua excitação, a garota de pernas abertas tocando o violoncelo,

Bárbara e suas pernas sob a mesa, tantas pernas coxas sexo quanto pudessem enlouquecer um homem, esses fantasmas como Lisiuex, Denis, Ágata, meu pai, essas almas enfermas, perdidas entre dinamitações, impressões falsas mais vivas que as de agora, falar sobre elas é ver o passado se injetar nas minhas veias. Os psicólogos poderiam me dizer do quanto tenho medo do futuro, que prefiro as estagnações, que sou doente de certo amor-próprio, das minhas convicções morais. Ah, quem precisa de um julgamento desses?, não vou lá, disse ao médico ritmista do coração, dispenso seu *holter*, dispenso o *personal,* dispenso os embusteiros psíquicos, o mundo fraudulento, só preciso correr um pouco, compreende?, duas vezes por semana, está bem?, correr, tenho o temperamento excitável para fora do normal, não posso deixar o passado simplesmente me definir, a infelicidade tem muitas maneiras de atuar, eles se enganam, que podem me ensinar sobre o bem?, não há nada que possa ser considerado bom sem restrições, nem algo nem fidalgo completamente mal sem limitações, também, poderia pensar nisso para responder a Ágata noutra ocasião, querida, nada é absolutamente, relaxe, para isso há os perdões. Que gibrans são esses, que acreditam poder me ensinar sobre a polidez, a fidelidade, a prudência, a temperança, a coragem, a justiça, a generosidade, a compaixão, a misericórdia, a gratidão, a humildade, a simplicidade, a tolerância, a pureza, a doçura, a boa-fé, o humor, o amor? Não sou um tolo. Logo-logo o passado será de novo minha obsessão, não o futuro.

O passado me dá esta imagem: Jade pula corda com as amigas. Ela tem dez anos de idade e está vestida em uma saia vermelha. As coxas são firmes.

Pula.

As garotas do bairro descobriram a brincadeira até então esquecida sob a saia das avós. Jade salta e salta e meu coração se comove tanto quanto se comove agora enquanto me lembro dela.

Pula.

Outra lembrança de Jade para se ver num pulo: avanço: tem treze anos e está sentada, os olhos fechados sonham, os braços estão erguidos, as palmas das mãos apoiam a cabeça. Ela dobra o joelho gentilmente sobre a cadeira, os sapatinhos de fivela, a meias curtas de losangos amarelos e marrons, a saiazinha verde, a camiseta branca de mangas longas Jade dobrou-as até os cotovelos e, por cima, uma camisa goiaba, de malha. Era preciso fazer algo para meus pensamentos não se transformarem em realidade. Sentia vergonha e angústia.

Com desdém, ela ordena que os ombros relaxem e abandona o tronco no espaldar ao modo dos gatos (os gatos do universo de Jade não serão nunca esses *pets*, ordinários, nos pisos de porcelanato, mas gatos originários, mitológicos, os olhos impossíveis, animais únicos à perpetuação da espécie sobre a Terra, os rabos capazes de dar duas voltas sobre eles mesmos, se não me alongo). Então ela gira o rosto para o lado, aos cuidados de um sol cujo afago só ela experimenta. Esses detalhes, articulados como um brinquedo, ao acaso, pela vida, oferecem a sensação de que nada mais importa. Que brotará na próxima estação uma mulher.

Pula.

Recuo: choveu e distingo seu reflexo nas poças, nas gotas escorregando nas folhas. É muito asfalto e pedra, mas a natureza providenciou o cheiro, mesmo longínquo, de terra, para coroar essas lembranças.

Jade é a mais nova. Tem os cabelos presos. O rabo de cavalo tem vida própria. Está vestida com a blusa do uniforme da escola e isso vai lhe causar problemas mais tarde com Ágata.

Ela tem isso da mãe: dita as regras e no segundo seguinte não sabemos como seria o mundo sem elas.

Mais ligeiro, mais.

As amigas aumentam o ritmo. Há malícia naquilo. Essa maldade faz parte do jogo. Jade segue sem cansaços. Pernas. Saia. Cabelos. Pula a corda veloz, mais veloz, veloz, velinvisível.

Me olha. Sorri para mim.

É desse sorrisolhar de que me lembro com o coração. Claro, há aquelas xaropanças dos pais e suas memórias nos álbuns, do umbigo ressecado entre as fotos, do ABC, pá, pá, pá, mas foi naquele olhar, naquele instante, que se deu o nascimento de Jade para mim.

Depois disso, sou o pai apaixonado.

Me afasto antes da falha, antes do cansaço e do tropeço. Ela também preferirá assim e essa ideia da garota invicta levo comigo o tempo todo.

Pulo.

Aos dezesseis, os hormônios transformaram Jade em um animal feito de silêncio e essa realidade transformou a mim e a Ágata em seres também silenciosos para não questionarmos nada. Se chove para cima é porque a natureza é mesmo pródiga. Não se discute.

Em breve, descobrirão, ela e Ágata, a fatalidade. Filhas e mães, não se sabe por qual revolução dos planetas, acordam certo dia e descobrem serem de espécies diferentes. E, se alguma delas crê nessas coisas de carma & destino, isso nunca mais entra nos eixos.

★★★

Dia desses, eu, Ágata e Jade saímos da Houbigant Cosméticos, onde fomos comprar o *Poudre Ophélia*, a marca de pó preferido por Jade. Em troca do presente, ela aceitou ir conosco ao Farsano: o restaurante foi reabilitado das ruínas da guerra. Hoje é uma construção de finas colunas, pórticos largos, cheia de refinamentos e requintes, estuques, os patamares de mármore, e faz lembrar tanto um oficial do exército como um banqueiro se espreguiçando, como a arquitetura pudesse evidenciar a gala e ocultar as tristezas.

Antes de entrarmos, eu me lembrava da voz grave de Denis:

Rapaz, você gasta os tubos com ricaços. Largue essa merda.

Mas não se pode viver nesta cidade sem um bom prato, onde você possa ser visto comendo um *chorizo* ou ancho em público, à luz de talheres dos mais finos faqueiros.

Na entrada, ao lado do cavalete do menu, se lê a plaqueta em bronze, o episódio etiquetado como Infância Ano Zero:

> "EM 08 DE SETEMBRO DE 1947, SE ATIROU DOS ESCOMBROS DESTE PRÉDIO O FAMÉLICO EDMUNDO, DE 12 ANOS DE IDADE, AO VER PASSAR NESTA RUA O ESQUIFE DO PAI, TAMBÉM MORTO PELA VERGONHA E PELA FOME."

Nossa Jade parou um pouco diante da plaqueta e leu e chorou.

Por que vocês insistem em me trazer a um lugar desses?

Passou noites a sofrer com pesadelos onde o triste pássaro.

Os pequenos edmundos das etiquetas eram o assunto de duas mulheres ali. Quando entrei, elas conversavam alegremente. Notei a coincidência de as duas se chamarem Simone. Consegui me aproximar e ouvir parte da conversa:

Simone, ah, Simone: só uma coisa conta hoje sobre a Terra: para serem felizes, deve acontecer a revolução que forneça comida para todo mundo.

Nada, disse a outra Simone, com um tom cortante, de arrepiar. O problema não é esse. Sequer o problema é a felicidade. Mas encontrar um sentido à existência de quem passa fome.

E a outra disse, bebericando licor de eucaliptine:

Logo se vê: você jamais passou fome, Simone.

Simone-vai, Simone-vem, não sei aonde andou mais o espiritualismo da conversa porque subimos ao primeiro andar para comer longe do burburinho da entrada.

Diferente daquelas simones do Farsano, ou mesmo de mim e Ágata, Jade se incomodava com a vida de Edmundo e suas lágrimas ganharam meu respeito.

Eu invejava seu coração. Sua inteligência habitava em uma sensibilidade de devota, sem deixar de frequentar a aspereza e não era somente isso das faculdades mentais. Essa máquina almespírito me intrigava. Há um mundo visto pelos olhos de Jade onde eu gostaria de morar. Por muito tempo, nem o deus dos teólogos nem filósofos: só acreditei no deus da minha menina e me converti a ele agridocemente.

★★★

Andamos pelo pátio, sob o calor. Ágata parou atrás da coluna para fugir do sol.

Continuamos já, querido. Me dê só um tempinho. Respirou.

Recuei dois passos para esperar por ela:

Como você quiser, respondi.

Nesse momento, ela enrijeceu os ombros e seu pescoço se esticou como de mola. De algum jeito o ar começou a fugir do pátio. Ágata deixou as costas se ampararem na face mais fria do mármore.

Você está bem?

Sua cor voltava devagar:

Você se lembra de quando fiquei grávida?

Procurei a mesma sombra. Que pergunta era aquela?, eu tentava entender.

Vagamente, me defendi. Por quê?

Vagamente, Rhian?

Era um tempo difícil, aconteciam muitas coisas ao mesmo tempo, não sabíamos direito...

Você se lembra daquilo que me disse?

Por favor, Ágata. Não tenho metade de sua memória. Na verdade, não tenho tempo sequer para remoer as coisas. Tivesse tempo, não iria me ocupar com o passado. Não sou assim. Você me conhece.

Você não se lembra de nada do que me falou?

Fiquei em silêncio. As palavras de Ágata começavam a pesar.

Me lembro como você reclamava, respondi. Dei uns passos com as pernas entreabertas, as mãos na cintura, imitando Ágata grávida: "Ai-ai, como pesa. Ui-ui-ui, como pesa."

Ela riu como se por um instante se distraísse.

Para isso sua memória funciona. Jade pesava mesmo. Era um embrião de pedra. Mas quando descobrimos a gravidez, o que você me disse foi: "Você terá essa criança. A gente dá um jeito."

Verdade?, perguntei. Não me lembro disso.

Deve se lembrar, porque quando eu respondi que preferia não, você falou, como há pouco: "será como você quiser".

Não me lembro dessa conversa. Me desculpe. Afinal, você queria ou não?

Eu queria, sim.

E por que na hora disse o contrário?

Para lhe testar. Para sentir o quanto você queria. E para você, tanto faria.

Não foi assim.

Até hoje, tudo tanto faz para você, Rhian. Nunca me acostumo com isso.

Você está enganada. Sinto minhas coisas. Para você, sou um monstro?

O tanto quanto sou um para você. Somos esses monstros. Mas vamos mudar de assunto, está bem?

Voltamos a caminhar. O ar só voltou a circular para nós depois de muito tempo. Andávamos sob efeito de dolorosa apneia.

★★★

A doçura em Jade podia se transformar numa aspereza em tempo integral. Se não gostava de algo, deixava tudo claro.

Exemplo disso foi aquele lamentável incidente noutro restaurante.

Depois de seis meses, conseguimos uma reserva no *Alouette*. Para isso o sobrenome "Gastal" vai mais ao topo da lista que "Santos".

Estávamos radiantes, eu e Ágata. Ela brilhava em muitas cores como as opalas. Anunciara isso às amigas durante toda a semana. Custaria pelo menos um salário mínimo por cabeça, os negócios não iam bem, mas merecíamos. Mandei preparar cartões de visita com tinta *puff*, com relevo, pode-se encontrar gente importante da ópera, da alta música em salões assim.

E ela nos matou de vergonha diante do respeitadíssimo *chef* Perec.

Ele veio à nossa mesa com seu grande sorriso parisiense:

Monsieur, madame, mademoiselle, bem-vindos. Estamos prontos para cumprir seus sonhos nesta noite.

E indicou seu melhor prato: sua premiadíssima cotovia ao vinho. Antes, queria saber da nossa entrada:

Jade detestava o esnobismo e falou com Perec em termos bem claros. Foi uma conversa crua:

De entrada, o senhor pode pedir para servirem qualquer coisa que traga alcachofras com molho de pimenta.

Ele olhou para Jade como um pai para uma filha:

Jovem, lamentamos, mas não temos essa especiaria.

Então nos traga algo com pepinos no aneto...

Infelizmente, não temos esses ingredientes em nossas entradas, senhorita.

Ok. Peça que nos tragam, o que não pode faltar: *ratatoille* fria na hortelã.

O rosto do *chef* já não era mais a romã que chegara.

Isso, também, não temos, senhorita.

Nossa, ela falou, você começa a nos assustar, *chef*. Então Jade apertou mais: nos contentamos com rabanetes no creme de leite e cerefólio. Peça que tragam isso e o senhor estará perdoado.

Não temos.

Pimentões no manjericão?

Perec continuou calado. Não sabia se ficava ou ia embora. Ela persistiu:

Tomatinhos no tomilho?

Silêncio. Estávamos mortos de vergonha. O *chef* ali estava, estatualizado no centro do seu restaurante. As pessoas olhavam a cena, algo constrangidas, também.

Será difícil gostarmos daqui, *monsieur* Perec. "Triste começo, desgraçado fim", assim diz meu pai, não é, *papa*?

O *chef* fechou a cara. Seu rosto era cinza.

Quando fomos pagar, a casa não quis receber nosso dinheiro. Quando tentei agradecer ou me desculpar com o *chef*, ele virou a cara e o *maître* foi mais enérgico:

Por favor, o *chef* está ocupadíssimo, senhor. Por obséquio, vão embora.

Depois desse desastre, ao sairmos para jantar, rezamos para Jade preferir ficar em casa e comer o que mais ama: hambúrgueres e coca-cola, eles vêm do *delivery* nesses sacos de papel fedendo à tinta das gráficas.

Ao mesmo tempo sensível, a ponto de chorar a noite inteira por conta de uma injustiça, de ser solidária com a mãe nos seus desesperos, era capaz de comentários assim:

Mamãe, você está horrível nesse *tailleur* de veludo verde. Ainda mais com esse broche horrível de vovozinha no peito. Você tem certeza que vai sair assim?

★★★

Naquele dia no Farsano, encontrei Almoedo, do extinto sindicato da Borracha, do movimento dos petroleiros. Era agora um homem com uns setenta anos. Falava devagar e a boca de megafone desapareceu do rosto de bolacha. O rosto sumiu do rosto, e quase não o reconheço. Ele acenou como se ainda fossem os anos 90, o pescoço amarrado por um guardanapo de cetim, com a marca do Farsano. A diabetes secou as bochechas, as pálpebras eram cortinas a prejudicar sua visão sobre o Estado e as privatizações. Almoedo era um homem moderado, os gestos lentos demais para me demorar com ele cinco minutos, entre outras razões porque exalava um forte cheiro de acetona ou de frutas podres. Ele me deu notícias de Lisieux, nossa amiga da petroleira, e fez isso ao modo dos informes de passeata:

Teresa de Lisieux? Engordou. Depressão. Morreu.

Essa notícia sem açúcar me afetou de verdade.

Procurei saber mais, depois, com outra amiga, numa conversa ao celular:

Lisieux caiu doente de tristeza e por um ano penou coitada em tendas de magos e médicos.

Era câncer? Tinha essa tendência na família. O irmão fumante...

Não. Esse, do câncer de pulmão, conheço. Está vivo, vivíssimo, fumandíssimo.

E do quê, então?

Aquela pobre mulher alegre morreu de tristeza, Rhian.

A tristeza nasce da alegria e isso é mais vice que versa, lamentei e, na hora, me lembrei das minhas conversas com ela:

Por que afinal você quer tanto ajudar as pessoas, Lisieux?

Era uma alma boa, falou a amiga do outro lado da linha. E ela? Respondeu?

Não. Ou talvez sua resposta fosse o barulho da lavadora de louças automática da cafeteria, onde bem e mal se misturam, onde as bebidas vêm nas xícaras aos coraçõezinhos onde boiam pequenos arco-íris, indecisos, nem café nem leite, nem pretos nem brancos: marrons.

Mas Almoedo não lhe disse tudo, completou. Lisieux morreu tão solitária como só e sozinha.

A depressão...?

Dizem diferente: se matou.

A notícia me derrubou mais ainda. Me lembro quando Lisieux teve ideias assim. Estava comigo numa dessas praias ao longo do rio Nkali, cujas *energias* não são boas, quando me falou de a ideia tê-la atingido naquela hora, e queimado suas têmporas.

Tolice, vai passar.

Não vai.

E me mostrou uma pequena queimadura na têmpora esquerda e por esse argumento físico compreendi nela um pouco a razão por qual alguém se mata.

Almoedo continuou e nossa conversa era um suplício para mim:

No caso de Lisieux, a ênfase fazia sentido, por isso não questionei. A amiga fazia pausas e detalhava e fazia mais pausas:

Tomou algumas providências. Fez uns pedidos ao irmão.

Sim?

Sim. Comprou e pagou um jazigo com duas gavetas. Foi enterrada em uma e pediu para o irmão repousar ali ao lado quando chegasse sua hora. Não queria aquela outra solidão.

Triste.

O segundo pedido foi mais.

Ah, são três pedidos, presumi.

Não, Lisieux fez somente mais um: ser enterrada vestida de noiva, de roxo, uma noiva lilás.

Noiva e viúva de si mesma, pensei.

Ai, que dor, comentei. Minha amiga Lisieux. isso é muito triste. Que tenha sido como planejou.

Não foi, falou a amiga. O irmão achou tudo espetaculoso demais. Sua mortalha foi igual a qualquer outra deste mundo. Ele dispensará a companhia no túmulo. Tem planos para sua própria geografia final. Foi assim.

Não seria completa a solidão da morte para Lisieux? Por que a queria solidária?

Enfim, solitária assim desapareceu Lisieux e sua bondade. Se vejo um pedinte, me lembro dela. Se passo em frente ao hospital do câncer, não penso no sofrimento daqueles miseráveis, mas sinto o frescor da brisa no meu rosto e me lembro dela. Se vejo a árvore agitar seus ramos, me lembro dela. Se escuto aquela canção de são Francisco, ouço sua voz.

"Por que afinal você quer tanto ajudar as pessoas, Lisieux?", me lembro dela, daquela flor brancarroxa sendo arrastada ao coração da terra. Dizer isso assim soa tolo, não sei de onde arranquei tanta feiura para falar da beleza, mas minha vontade é cobrir Lisieux com alguma graça. Como pudesse assim contar a história de sua alma.

***

Estranhamente, no meio da tristeza, Ágata pensou em trabalhar, já com quase cinquenta anos. Quando jovem, o pai farmacêutico lhe forçou a aprender o ramerrão do negócio, então podia começar do zero, talvez fazer faculdade, conseguir um diploma, se isso fosse algo discreto, não queria nossos amigos se interrogando, uns ainda acham que ela é filósofa ou advogada. Sobretudo, se animava em ter colegas da idade da filha nas bancas.

Mas esse último ânimo não deu em nada. Quem esteve com ela nesse tempo notava o quanto vivia em uma espécie de imponderabilidade, um estado de indiferença a tudo, nada disposta a responder ao mundo aqui fora. Mas dizendo assim pode parecer ser o que não foi: não estava louca. Se sua apatia provocasse um perfume, seria ainda o aroma da saúde, do seu eterno vitalismo e, nessa fase, encarava o destino até com mais otimismo e sabedoria que eu.

Passou a levar uma vida sem alterações, suas roupas eram impecáveis no mesmo tom; se saía ou se ligava para os *deliverys*, sempre entregavam nos mesmos pratos e pedidos, torradas, méis, vinho, café. Em casa, lavava as mesmas peças de roupa duas, três, dez vezes, mesmo sem usá-las, porque o tempo todo lhe pareciam sujas.

Depois, a ponderabilidade: Ágata precisava exaustivamente andar por Cromane. A pé, de ônibus, em carros de aplicativo, não importava, precisava circular, ver as vitrines, inclusive as dos conceituados açougues, as longas vitrines da *Boucle d'or*, desejando pedras preciosas, pedras curativas como a turmalina rosa, me disse, em lugares onde se tem acesso por esteira rolante de centenas de metros, para poder se ver todos os manequins. Visitava antiquários. Inspecionava cada detalhe de cada produto e não comprava nada nem gorjeta nenhuma deixava aos atendentes.

Chegava em casa, estourava os calos dos pés com agulhas e encontrava algum sossego lendo sobre palavras mágicas pelo celular.

Na outra onda, não queria mais nada e adquirira mais ainda um hábito que recrimino em todos os cidadãos de Cromane: a perda de gravidade com o tempo, o desleixo com as horas, o desprezo pelos despertadores, o estado de sonolência sem cura. Era a luz do quarto acesa a noite inteira, e durante o dia a escuridão total.

Algo nela me fez e ainda me faz arrepiar: jamais perdera a capacidade de criticar tudo com a mais perfeita precisão. Sua lucidez me apavorava.

E, ainda bem, como vieram, todas essas ondas foram embora.

Isso foi no dia em que soubemos do problema com nossa querida Jade.

Passo a falar devagar, para não faltar com a verdade em nenhum ponto.

Tudo ocorreu em oito meses. Eu e Ágata tentamos saber dia e hora quando tudo começou. Tudo nos leva àquela noite de setembro. Há tempos, estávamos mais reservados, vivíamos mais em casa, íamos quase nada a restaurantes.

Naquela noite, Jade e Ágata discutiram no jantar. Depois cada uma foi para seu lado.

Era terça-feira. Ágata fazia trabalho no voluntariado social nas tardes da terça e parte da discussão entre elas teve a ver com isso, o uso do tempo. A gente se lembra bem por essa razão. No outro dia, Jade não saiu do quarto, não foi à faculdade, não quis saber de nada. Respeitamos os momentos de cada, é nossa regra. Esquecemos. Perto das oito da noite cheguei do trabalho. Ágata me pediu:

Vá lá e fale com sua filha. Basta.

Quando entrei no quarto de Jade, ela estava acordada, os olhos largados em algum não lugar. Levei frutas para promover uma trégua.

Sua mãe pediu para trazer uma comidinha.

Não respondeu senão isto, não são minhas palavras, são as delas:

Não consigo me mover, pai. Há dias. Não sinto minhas pernas, meus braços. Tenho a certeza de que morri.

Quando tentei entender algo, ela me derrubou outra vez:

Também não vejo nada, papai, ou vejo vocês como mosaicos.

Passamos um mês com nossa filha no hospital. No centro de neurologia, os doutores Míchkin e Kiríllov, de Moscou, fizeram de tudo.

O que nossa filha tem?

Não sabemos, disse o mais jovem. Uma síndrome neurológica. Talvez infecciosa. É preciso uma investigação ampla.

Mas nada evoluía. Não sei se a esperança é uma emoção... meu corpo doía o tempo inteiro e esse estado de esperança, trágica, tomava conta de mim o tempo todo. Eu parecia dopado.

Ágata, ao contrário, mantinha tudo sob controle. Era invejável como estava inteira.

Precisei de empréstimos para as despesas. Bati à porta de amigos endinheirados. A solidariedade em Cromane não é um jardim que se possa cultivar.

Passou-se um mês, dois e, no terceiro, os médicos nos aconselharam a instalar um hospital em casa.

E fizemos isso. Era terrível ver uma cama na sala de jantar.

Jade não conhecia melhora. No começo, havia mensagens de amigos da faculdade no celular, líamos para ela, escutava em silêncio. Em uma semana, as mensagens murcharam, também.

Os exames não acrescentavam nada. Os russos foram a um congresso e não os encontramos nunca mais. Mudamos de médicos, levando Jade a todos em uma cadeira de rodas, a cabeça erguida por obra do colete e, no seu colo, a pasta com ressonâncias, ultrassons, relatos de um fracasso.

A doença é uma professora rigorosa. No caso de Jade, ia ensiná-la sobre o ponto máximo do espírito e das emoções. Ela ouvia dos saudáveis toda a pirraça de uma moral e compaixão que não lhe vestem para nada. A cada dia, ficava mais difícil a vida na casa.

O sono não chegava para Ágata. Nem para Jade. Nem para mim. No meu caso, a insônia é prima no sonambulismo. Preciso dormir.

Vocês agem como se eu fosse uma marginal, Jade disse à mãe, sem alterar a voz, sem os olhos brilharem mais nem menos. Falam comigo e não há uma palavra dirigida a mim, na verdade. Me sinto perseguida. Minha agonia é a de uma condenada. Não cometi nenhum crime. Ou cometi?

Ágata tentou usar sua força de Torre para apaziguar sua boneca.

Se acalme, minha bonequinha, meu amor. A gente tem fé...

Não quero virar uma boneca, ainda por cima doente, Jade desdenhou do argumento da mãe. Doente é pouco: inválida.

Você vai sair dessa. Nós vamos. Eu quis acompanhar o coro de Ágata, mas minha voz tremia.

Você permite que a gente reze? Já vi muitas coisas acontecerem com pessoas que.

Não posso acreditar nessas palavras, mamãe. Se não puder ficar calada ou mudar minha posição por conta das escaras, sinceramente, você não servirá para nada.

Saí da sala e vim até o quarto quando ouvi essas lições. Tentei confortá-las. Jade pediu para colocar o lençol sobre seu rosto. Queria descansar a vista.

Podemos desligar a luz, sugeri.

Não, somente cubra meus olhos.

Ágata tentou ajudar, mas Jade meneou um não peremptório.

A mãe saiu da sala. Cobri o rosto de Jade e fiquei por ali. Fumei, sentado na poltrona, olhando seu rosto sob a luz amarela. Os medicamentos deveriam deixar seus olhos bem abertos, as pupilas dilatadas. Mas, meu Deus, que força extraía de sua falta de fé para mantê-los fechados? Para onde ela *olhava* com eles cobertos? Talvez *visse* algo distante, nos olhos sem centelha, sonhadoramente. O que procura quando fecha os olhos? A ideia de minha filha ter se tornado um ser abaixo de um animal elétrico, uma ovelha, sem ser sonhada por nenhum androide, me aterrorizava.

Uma ciborgue, isso foi dia desses, reivindicou e ganhou na justiça todos os direitos civis, porque se entendia viva. Uma pessoa, quando não se considera mais igual a mim ou a você, o que pode reivindicar?

Olho para as coxas feridas de Jade. Ela encravava as unhas ali com muita força. Se era dor, não nos dizia. Se era raiva, não sei, todos têm seus dias de ira. Resistia. Eletricamente. Por impulso. Era duro vê-la se metamorfosear em uma boneca feia.

Ágata aproveitou um cochilo e cortou aquelas unhas e as pintou com esmalte azul da cor da sala.

O pior era de Jade sempre as mesmas palavras, estalos. Tanto eu quanto Ágata podemos repeti-las de memória, para explicar o quanto fomos atingidos por elas:

Continuo a sofrer. Constantemente. Não tenho um minuto de conforto. Nem sou mais humana, vocês me entendem? Nem deveria me reclamar, tenho tudo, a vida poderia ser agradável e até feliz, apesar dessa doença. A TV tem casos assim, as pessoas se superam, é ou não é? Mas isso não é presta para mim, porque preciso contar algo mais. Sonho muitos sonhos uns dentro dos outros, e neles me animo com a ideia besta de recuperar um instante que seja a capacidade de sentir qualquer coisa. Isso, experimentar sentimentos. É mais grave que a paralisia, vocês estão aí?

Estamos.

Não sei se falo ou se sonho que falo, ela continuou, seus olhos eram pérolas mortas. Mesmo antes de adoecer, só encontrava tristeza. Até mesmo nas carícias. Se beijava alguém, meus lábios não completavam o gesto, e sei que existe algo repugnante entre mim e todos os prazeres. Não tenho mais os sentidos, mas perdi os sentimentos, bem antes. Daí não me reclamo da doença, ela veio para completar o resto, minha existência incompleta. Meus olhos, minhas mãos, meus sentidos me observam e riem de mim, à parte de mim. Falo é de antes, meu pai, minha mãe, quando nada me tocava. A vida dia a dia não me interessa. Ela é uma tortura cruel. Algum dia, eu sei, me darão choques e minhas pernas se moverão e meus braços vão se mover. Conseguirão até que eu sinta dor, mas isso saberá meu corpo. Socorro, isto é mais grave, estou tentando dizer isto. Era e sou mais ainda uma figura pintada num quadro. Não tenho encantos por nada. A música de Mozart é igual ao samba porque tudo me parece uma algazarra de guinchos, de ratinhos. Não rio por nada. Mas o pior é não conseguir derramar uma lágrima por um mundo que sequer existe mais. Nem importa. Vocês sequer estão mais aí. Não é mesmo?

Contudo, havia momentos, eram segundos, isso ocorria mais pela manhã, onde reinava a aura de um êxtase no seu rosto. Era arrebatada por um pensamento secreto, uma sensação de plenitude. Estava ali, naqueles microssegundos, o sentido de sua existência, eu podia ver esses *flashes*, eles justificavam sua vida, mas não se pode julgar bem o coração de quem sofre nem saber o preço a se pagar por momentos assim. É como um cego a guiar um vidente.

Durante o dia, comentava seus infortúnios. Ágata anotava tudo e eu lia à noite:

"Meu pescoço está crescendo como o de uma girafa".

"Meus olhos vão explodir do tamanho de uma bola de basquete."

"Socorro. Sinto a casa encolher. Ela vai me esmagar dentro dela."

"Alguém faça algo."

"Alguém me tire de mim. Atire."

"Eu quero ir, minha gente, eu não sou daqui. Eu não tenho nada."

Quando dormiu, desliguei a luz e deixei seus olhos livres de véus. Reclamou-se ao acordar.

Ágata pediu para ela falar mais:

Fale, filha, você pode me falar tudo.

Não, Jade respondeu. Não me venha com essa. Você não suportaria me ouvir falar de tudo que há no meu coração. Se cale, mamãe.

Ali Ágata começou a se petrificar.

Jade sofre por cada poro. Por um momento, sonha. Mas não diz nada mais.

Entendi algo. Nunca foi sobre a morte. Pelo contrário. Nem sobre a filosofia. Era sobre a vida. Sobre a liberdade de ir e vir, ou somente de ir. De não voltar. A gente não tem controle de nada, me dizia Denis, e eu entendo. Mas não ter o mínimo direito de escolher sobre esse tema tão pessoal, a vida, já é um pouco demais. Não é disso que tratam as religiões? Não sei, devaneio, sonhacordo sob dilemas encalacrados uns nos outros. Devaneio mais.

Suo mais. Tento me concentrar na fábrica e a insônia retorna.

A fábrica me rejeita todos os dias. Me mantém a distância. Sua natureza é enigmática e ali me sinto sob a força de um poder invisível. Há a imponência de uma sombra distante, que já confirmou mil vezes: não vai abandonar o barco. A Abalon Guitar é um mundo absurdo e incompreensível.

Há pouco de mim na Abalon. Não adianta pensar o contrário.

A planta baixa do prédio tem o formato de um cachimbo. Se entra, por assim dizer, pela piteira, um portão de aço. Se avança pelo corredor longo e curvo já cheio de poeira e entulho, e tudo vai se abrindo até você chegar ao fornilho desse cachimbo, com as laterais quadradas, onde tudo se amplia desproporcionalmente a ponto de você ter vertigens ao entrar ali pela primeira vez somente quando sabe que saiu da haste, aquele sinuoso corredorzinho escuro e estreito.

Então o prédio ganha três pisos. A gente os alcança por escadas de ferro bem antigo, e deve ter sido façanha da engenharia entrar com a ferragem pela piteira e pela haste.

No térreo está a fábrica propriamente dita. As oficinas, o almoxarifado, o depósito para a madeira, os espaços da luteria comandada por Rodolfo, a sala do almoxarifado onde ainda posso ver Denis se encolher no birô se o chamam a qualquer obrigação; ao lado da estufa, um banheiro, a porta escorada precariamente, o lavabo parece os dentes de um fumante, coberto de tártaro e ferrugem esverdeado. Ah, como é forte o cheiro de ureia e de verniz, dos galões empilhados até o teto. Mas é o único da empresa, serve a todos, inclusive a William, digo, para mim também.

No segundo piso, minha sala ou, antes, a sala do meu pai. Não é seguro ali, então nunca convido ninguém e, Ágata e Jade, quando vêm, não permito subirem. É que não há a parede frontal nem ali nem no piso acima, de modo a tudo parecer esses cenários de teatro baseados na perversão e prática do voyeurismo, onde vemos tudo que ocorre com todos em cada vão. Nas paredes, ainda estão o grande olho maçom de William, algumas fotos com rostos tentando sobreviver à poeira, o diploma que prova o quanto ele era filantropo, do Rotary, não mexi em nada. Há o birô, o condicionador de ar alemão do tamanho de um tambor. Ele é barulhento, espalha a poeira, e refresca pouco. Em tempos de boas encomendas, como em novembro, não trabalho ali. Me afasto do pó e do barulho e vou trabalhar no restaurante de Celeste, ao lado. Alice, minha secretária, trabalha nessa mesma sala, separada por um biombo. Ela não quer saber das mensagens pelo celular. Se tem algo a dizer, desce as escadas, atravessa o fornilho, entra pela haste e vai me encontrar lá fora, no restaurante, arejado, para despachar e providenciar qualquer assunto. Se a Celeste fecha, existe o bar Solimões, que nunca nunca.

★★★

O melhor remédio para a insônia é o dinheiro. Somente ele pode garantir autonomia. Ele é o Pai de todos os direitos. Ele inaugura a liberdade. Ele é a verdadeira religião. Penso na autodeterminação de Jade. Ela nos presenteava com sua morte pacífica. Eis seu senso de dignidade.

Durmo pensando nisso.

E acordo pensando em Denis.

Qual seria o melhor dos mundos, Rhian: um mundo onde todos fossem ricos ou pobres, mas iguais, livres, ou um mundo onde fôssemos imortais?

Depende, Denis. Depende.

Do quê?

A gente saberia, teria consciência dessa imortalidade?

Digamos que sim.

Um mundo onde a gente não morra.

E para quê?

Vão se acabar todos os problemas, ora.

Não seja burro. Os problemas nunca acabam. Eles são maiores que a vida ou a morte. Inventaríamos outros nesse seu mundo de imortais.

Cara, você é muito chato.

Ora, falo para seu bem. Você precisa aprender isso de uma vez, e ainda jovem, para não ter tantas ilusões como tive, rãzinha.

***

As chuvas vieram e com elas um cheiro louco de cravos. Eles nascem por vontade própria nos parques ensolarados. Muita gente cultiva a plantinha em jarros na varanda. Há o amarelo, o branco, encarnado, o roxo; amor, felicidade, inocência, paixão, paz, solidão, o cravo é o único apelo de emoção entre os cidadãos. Todos cultivam a planta no terraço, na varanda, as feiras ficam empesteadas com as mil espécies e seus aromas e, se fosse em uma cidade adiantada, haveria a Festa dos Cravos, como há em alguns lugares a da cerveja, do uísque.

Ágata ama a textura e os tons do cravo rosa. Jade acha maravilhoso como cresce inocente o cravo vermelho no vaso verde. As pessoas se encontram na rua e se presenteiam com potinhos do cravo amarelo. O cravo roxo é a ovelha negra da família *Caryophyllaceae*, e ninguém quer nada com ele. Somente as floriculturas em torno dos parques do "Último Sol". A expressão li num livrinho de faroeste. Admiro esses cravos, especialmente se nascem ao pé dos montes, entre arbustos, com as pétalas carnudas. Gosto delas porque são independentes, fazem o que querem, são bissexuais, não são como os lírios e devem menos ainda a qualquer evangelista. Gosto de plantas: se não me importunam, são iguais às pessoas, não vou lá e não as arranco.

Cromane seria a pátria dos cravos se antes não fosse a república das nuvens de abelhas.

Elas vieram certa vez numa nuvem densa e atacaram tudo. Isso se repetiu por muitos verões. Ainda há gente mutilada por essas pragas.

Os cravos afastam nossos elefantes, portanto, e somos gratos a eles no verão, embora o cheiro possa impedir algumas pessoas de transar ou dormir em paz, essa outra flor, que não se cultivam mais em lugar nenhum por aqui.

Aquele novembro foi um dos mais úmidos e a umidade é o diabo do nosso ramo. Nessa época, paramos o fabrico e me concentro nas vendas. Dou férias coletivas aos *luthiers*, e esses quase nunca voltam. Novembro foi ingrato também com o caixa da firma: os pedidos na Abalon foram mais frustrantes ainda, em comparação ao ano anterior. As dívidas aumentaram. Demiti pessoas. O Natal passou, entramos humilhados no outro ano, e me lembro de estar no restaurante de Celeste quando o celular tocou. Era Ágata.

Venha, venha agora mesmo.

Quando cheguei, quis saber de Ágata.

O que há?

Não sei. Ela pediu pra nos reunirmos.

E, de novo, são as palavras de Jade:

Não quero mais viver assim, falou. Já nem lembro se tive outra vida. Há quantas horas estou aqui?

Seis meses, Ágata respondeu.

Chega, ela falou.

A doçura e dor nesse lamento fizeram Ágata apertar meu pulso com força a ponto quase de quebrá-lo.

Foi quando Jade propôs. Era outra vez a pessoa mais lúcida sobre a face da Terra.

Não sei se perdoo vocês de terem insistido até aqui. Mas de uma coisa sei: não os perdoarei por um dia mais desse jeito, disse.

E, em silêncio, entramos em um acordo tão doloroso quanto libertador.

Neste país, são trezentas formas de crime capazes de levar alguém à injeção fatal ou à cadeira do dragão. Mas nenhuma linha se prescreveu para aliviar o sofrimento de ninguém da subvida.

Os dias eram vagões sem locomotivas. Era preciso conseguir dinheiro. Contratamos uma enfermeira. Assim, Ágata poderia sair em busca de ajuda e isso quer dizer *money*, mesmo com seu rosto agora de resina, fosco, imutável. O dinheiro está nos jantares do Ticiano, do Ariosto, do Farsano, do Caravaggio. Nos *happy hours*. É preciso dinheiro para gerar dinheiro.

A dor arrastava tudo. Eu passava direto pela sala, sem fazer barulho e ia chorar silencioso no quarto. "E eu, cometi algum crime?", me lembro de Jade, de sua postura sempre firme, seus olhos cordiais e brilhantes, e assim me lembrarei dela toda a vida.

Num domingo, eu estava lendo sem absorver nada um romance quando Ágata me pediu para descermos ao jardim.

Você não sabe quem encontrei ontem no *pub*. Ela me pediu um cigarro. Estranhei. Entreguei o meu, aceso. Ela deu um trago, mas devolveu com uma careta. Nosso amigo Rick, ela disse.

Nosso? Você detesta o cara.

Detestava: detestava. Passamos horas bebendo gim e bebi demais e falei de nossa situação.

Não acredito. Você não fez isso.

Fiz: lhe digo mais: foi ótimo.

Por quê? Quanta novidade numa só noite.

Rick venceu na vida. Está metido com isso de tratamento de cânceres, tecnologia, não entendi bem.

Sim, me lembro, sempre se disse um físico a serviço da medicina.

Pois é. Ele pediu para avaliarmos uma saída, visto as leis...

Rick é perigoso, Ágata.

Não. É bem razoável. Escute.

Ela comentou como se uma flor brotasse no jardim enquanto falava:

Ele pode nos ajudar a tirar Jade do país. Fala a língua dos consulados. Há muitos países onde a eutanásia é permitida, ele me disse.

Me animei. De alguma forma, vê-la entusiasmada por algo envolvendo Rick, era uma vitória para mim. Era bom vê-la tomar consciência de que as pessoas não são somente boas. Nem somente más.

Meu Deus, eu disse. Ele faria isso por nós? Ele nos ajudaria?

Sim, Ágata falou quase eufórica. Tenho o telefone dele gravado aqui. Apontou para o celular dourado. Você pode ligar para ele?

Subimos. Estava calado. Mas minha resposta era sim. Posso sim. Ligo sim. Quero sim.

A conversa com Rick foi elevada e ergueu meu espírito. Ele se mantinha o mesmo sujeito setentrional de sempre. Me falou de seus projetos com os russos, nisso que eu só ouviria mais tarde, da neurociência, da inteligência artificial.

A morte é como o parto, se deve nascer bem e se morrer bem, Rhian. Em breve poderemos recriar parentes mortos usando engenharia genética, falava como militante de uma nova fé. Assim, se despeça da menina com um "até logo", não com um "adeus". Vocês estão agindo como parteiras, não devem se encher de culpas por isso. Pelo contrário.

Naquelas semanas, as palavras do amigo e as tratativas com o consulado e *et cetera* me animaram e tive forças para buscar novos empréstimos, até com concorrentes. Conseguimos trinta mil dólares para despesas com bilhetes e hospedagem. Um terço era o montante com propinas para vistos, atestados médicos, autorizações. Rick aceitou receber menos que o combinado, e isso não somou pouco. Havia gente no Canadá que preferiria receber em espécie. A Abalon Guitar gemeu. Eu estava praticamente fora do ramo dessa vez.

Assim estávamos de novo em janeiro, tudo estava pronto. Falamos com Jade todo o tempo e seu rosto parecia o de santa Luzia, agora. Mesmo sem a visão, parecia ver tudo. Estávamos dolorosamente alegres.

Foi quando recebi o telefonema de Rick. Ligou de um número desconhecido. Eram duas da manhã. Alguns casais bêbados nos ligavam em horários assim, queriam nossa presença nos saraus e os evito. Por isso quase não atendi. Saí do sofá, fui à cozinha e ouvi a notícia.

Querido Rhian, ele disse, lamento, mas alguém entregou vocês.

Eu ouvia. O suor gelado descia pela minha nuca. Queria desligar.

Ele continuou:

O consulado investigou a questão toda, cara. Ficou claro a intenção de vocês.

Mas você sugeriu. Você nos encorajou, falei.

Então ele mostrou sua verdadeira língua:

Não diga isso. Nem brincando, ele berrou. Não diga nada que não possa provar, Rhian. Faço somente o favor de informar: os vistos estão cancelados por força do juiz.

Desligou. Desabei. Fiquei sentado na cozinha até o sol aparecer. Ainda não sabia como contar para Ágata. E para Jade? Não, isso eu não iria contar. Que pai poderia?

Pula.

Ágata arreou como um gafanhoto com a notícia. Dava para sentir o peso da morte sobre ela. Enquanto isso, Jade parecia plena, mesmo que a doença só avançasse. Agora sua garganta parecia anestesiada. Tinha dificuldades de engolir e falar. Mas poupamos nossa menina das notícias. Não sabíamos nada sobre o futuro. Isso nada tinha a ver com a ideia dourada de Denis, de ir embora sem querer saber aonde o destino pode lhe levar.

Eu corria ao fim das tardes e sempre sonhava em não voltar para casa, desaparecer, como diz Ágata.

Não recuperamos nem metade do dinheiro. Como se pede restituição de propinas? Na justiça? Na bala? Havia um pouco de grana, mas não duraria muito. Enquanto eu corria, as letras de canções onde se podia ouvir a palavra *recomeçar* e "o sol nascerá" enchiam meu coração de amargura. Amargura, não: ódio.

Pula.

Pula.
Ágata afundou. Isso ia e vinha. Recebi vários telefonemas de amigos perguntando o que havia com a Torre. Não entendiam nada.

"Por favor, peça para ela parar de nos ligar o tempo todo", se reclamavam.

Ela chorava. Certa noite veio me incomodar:

Não sei o quanto não foi você o causador de tanta desgraça sobre nossa casa, Rhian.

Você está de novo em crise. Volte a dormir. Respire. Relaxe.

Se afaste, eu só peço isso: se afaste, ela ameaçou quando tentei me aproximar e levá-la de volta à cama. A pobre Jade. Passou a tarde tentando falar algo, Ágata chorava.

Pobre da nossa filha. Essa doença está nos matando, aos três, querida.

Ela falava de coisas terríveis. Ela me amava. Mas não um amor que nos ajudasse com nossos problemas.

Ela vivia dentro de pesadelos. Nós vivemos num inferno dentro de outro inferno.

Tente ser razoável, como sempre foi, querida.

Agíamos, os três, como tristes criaturas elétricas.

Um Mundo Novo para salvar

Não havia mais grana e a esperança foi embora no mesmo trem.

Aceitei enfim algumas sugestões de Bob.

Estávamos no meu carro e entrei à direita a caminho da fábrica.

Sua fábrica não vai tirar vocês dessa. Mas podemos usar a documentação e uns amigos na junta comercial podem transformá-la no que quisermos.

E para quê, Bob?

Para conseguir dinheiro, porra. De empréstimos ao governo.

Não tenho crédito. Como vou pagar?

Quem falou em pagar, mano? Tudo a fundo perdido.

A fundo perdido?

Sim, é uma gíria para dizer que não vamos pagar nunca. Quando um cara chamado contribuinte paga.

Ele me deu um empurrãozinho no ombro, sorriu e eu não achei graça nenhuma.

Não vou me meter nas suas, Bob. Tenho um nome a zelar.

Qual, Rhian?, riu, de novo.

Estacionei diante da Abalon.

Bob se desculpou:

Esquece isso, mano. Lamento. Só quis ajudar. Daria para levantar alguma grana e ainda sairíamos com algum, Rhian. Dá para driblar o algoritmo.

Dias depois, na Celeste, ele apareceu com um contabilista com papéis e assinei todos. Os registros da velha Abalon Guitar foram parar em endereços falsos, de sócios desconhecidos, miseráveis fora do alcance da vida fiscal e da receita. Meu pai espumava de ódio e quebrava todos os pratos onde estivesse.

Eu e você não somos os mais honestos do mundo, William Gastal. Dos Santos. Fique na sua. Não sou o contribuinte, não vou deixar mais cagarem na minha cabeça.

***

Pago o ordenado dos operários no restaurante. A dona, Celeste, já se habituou. Peço-lhe a quantidade de refeições dos meus funcionários, faço deduções, pago em dinheiro, Denis faz os recibos, Alice os arquiva, todos sabemos nosso trabalho. Há poucas novidades.

Denis gostava de descansar no terceiro andar do *cachimbo*, entre as caixas, ligar o rádio, anotar suas tolices, ler, dormir.

Ali intervi um pouco e em nenhum cômodo mais.

Levei para lá parte do nosso mostruário, desde o primeiro violão Abalon.

Tenho de acreditar em William: o protótipo é um acústico montado no ano do meu nascimento. Tampo e fundo, além das barras harmônicas, reforços e travessões, de eucalipto. Ele iria batizá-lo de Rhian, mas preferiu Giannino, para confundir os clientes com a marca concorrente. A estratégia deu certo por um tempo, depois aposentamos o modelo e o eucalipto e optamos pelo cedro.

Ainda no terceiro piso estão outros modelos, mais ou menos aposentados, os fora de catálogo, e precisaríamos de um Sugiyama, um João Batista ou até mesmo um Guarnieri para devolver a voz a esses instrumentos. Mas os insetos, a broca de madeira, têm planos superiores. Depois da morte de William, levei ali o violão que ele me presenteou e com o qual fracassei. Está sem o encordoamento, suspenso na cadeira de couro. Se tapo os ouvidos, ouço esses pequenos vingadores mastigar a celulose do instrumento.

O ventilador de teto ainda funciona e o ar circula mais puro. Além disso, é o único lugar com janelas: duas. Elas se abrem ao bairro residencial antigo da cidade.

Quando me sento na cadeira nesse pavimento, estou no topo do cachimbo.

Entre guinchos agudos e abafados e estalos, a fábrica se move. Ouço o grito das serras-fitas no dorso das caixas acústicas e as tico-tico abrindo a boca dos violões. Sinto o cheiro brilhante do verniz. Me levanto e vejo a fábrica com um único olhar, os homens ocos como violões trabalhando, seus gestos sem vigor, seus pés de rato, enquanto rabisco e rascunho mulheres nuas no papel ou me distraio com revistinhas da Coquetel, caça-palavras, cruzadas.

Antes bem antes de aparecerem os piores problemas, estive animado, comprei algumas reproduções de pinturas para as paredes. São quatro obras do artista chamado Baltasar. Fiz buscas na internet e não encontrei nadíssima sobre ele. São figuras em tamanho natural. Em uma delas, a moça está se vestindo à janela. No outro, se vê a própria rua onde funcionamos, de modo a pintura parecer uma janela falsa, onde vemos a vida simples e violenta de Cromane. No outro quadro, a garota está à janela e a semelhança e proporções com a janela são tão impressionantes que parecia somente eu ter feito justiça ao trazer o quadro de volta ao local onde parecia ter sido pintado. O outro quadro é uma aula de violão, onde a menina aprende muitas coisas numa controversa pedagogia. Esse é o meu preferido, porque sempre me faz lembrar as *pietàs*.

Neste andar tive a última conversa com Gastal.

Não acredito em destino. O fato de nunca ter podido escolher só atesta essa descrença, ele me disse, ali sentado.

O senhor exagera.

Não exagero.

Talvez o senhor reclame de barriga cheia.

Ora, me respeite, rapaz.

O senhor chegou aqui e, se não venceu, pelo menos não é escravo de ninguém.

A vida não é assim, você vai ver. Ninguém vence vendo os medíocres cagarem na sua cabeça o tempo todo.

E como faz, então?

Você tenta se livrar do cagaço enquanto caga na cabeça de quem está embaixo e tenta subir um andar acima.

Não quero a vida assim.

E quem quer, meu filho? Quem quer? As coisas só são como são.

William abriu o sorriso. Seus olhos estavam ressecados. Era um homem triste sobretudo quando sorria, um barco triste aquele Gastal, meu pai. Um barco que de vez em quando insiste em voltar.

Os balancetes da fábrica não permitiam muitos lucros, mas mesmo assim os voos de Bob serviram para pequenas escaladas, um pouco mais que os pequenos vigaristas, a grana alta em todos os ramos é para ricos. Mas serviu, rendeu algum, ganhei uns meses das despesas com Jade e até o agradeci por aquilo. Embora fosse lhe dever algo mais.

Agora, é bom esfriar um pouco, mano, disse Bob, sair do radar, não dar na vista. Daqui a um tempo investimos de novo.

Eu não tenho tempo, Bob. Jade não tem.

***

Devíamos à enfermeira e a dispensamos. Mantivemos o *home care*, contando moedas. Os dias eram raios. Era preciso agir. Eu e Ágata, nossas conversas não evoluíam, não entrávamos em acordo em quase nada, ela esperava de mim mais do que eu podia dar. Eu esperava ela se reerguer, sua fortaleza agora arruinada.

Não há como esperar a vida tomar as decisões. Contudo, há o acaso, não? Qual seria nosso azar ou nossa sorte afinal?

Nossa casa era o próprio abandono. Uma natureza-morta. O *home care* de Jade na sala. A cama de Ágata no quarto, a minha no quarto de hóspedes.

Naquele dia me acordei em outro mundo. Um pensamento me ocorreu, algo menos que um pensamento, uma corrente elétrica: um homem não consegue fugir do seu instinto. Seus impulsos. Sentia medo. De novo a sensação de um sonho vívido ou pesadelo. Era como estivesse diante dos abismos, quando me deparo com o mar, na baía dos Currupacos, o mar Tálassa que se abre, ali onde somente os mortos têm acesso, aquela paisagem espiritual.

Meus braços estavam doloridos, muito doloridos. Pensei em calçar um tênis e correr, contudo o corpo todo doía. Dormi mesmo mal.

Dormi?

Tentei me levantar, as pernas estavam fracas. Tentei me apoiar com as mãos na cama, mas desabei. Tentei outra vez, fui ao banheiro, tinha vontade de vomitar. Era preciso ir ao médico a qualquer hora por conta desse cansaço extremo.

Fui até a sala. Verifiquei o leito de Jade. Parecia tudo bem. Cheguei mais próximo para beijá-la. Estava fria.

Fria.

Fria.

Gelei. A espinha virou uma alavanca e senti uma dor quebrar meu pescoço. A cabeça parecia ter sido arrancada. Os braços pesavam muitos quilos, ainda cansados.

Ágata, gritei.

Não houve surpresa. Sabíamos que chamaríamos um ao outro naquele tom qualquer dia. Ela chegou e ficamos ali beijando o rosto feliz de Jade por muito tempo.

Olhava para Ágata e ela era uma alma baratinada. Estava descalça, estava metida no *short* laranja, a camiseta branca e, nem mesmo os cabelos desmantelados, o olhar de eclipse, me impediam de ver na cena algo incontrolavelmente voluptuoso.

Liguei para meu amigo Bob:

Temos um problema aqui. Preciso de sua ajuda.

Depois foi a burocracia da morte. Nisso nos ajudou Alice, a secretária da Abalon. Somente entreguei o cartão de crédito e pedi que ela fosse eu naquela hora. Bob foi o amigo exemplar. Conhecia todo mundo dos institutos médicos legais. Pediu para nos afastarmos de casa. Não queria que víssemos o corpo de nossa filha sair embrulhado em um lençol, daquele jeito.

Passamos muitas horas, fora, em silêncio, eu e Ágata. Meus braços doíam. Meu coração doía.

Ágata estava em silêncio, esse exercício que pratica tão bem, sempre. Somente uma hora, quando voltávamos para casa, me perguntou:

O que de fato aconteceu, Rhian?

A pergunta parecia a de alguém perdida em devaneios.

Bob teve a gentileza de providenciar a retirada do *home care* da sala.

Não sei como lhe pagar, amigo, eu lhe disse.

Acertamos depois, usei meu cartão.

Não falava disso. Falava de...

Esqueça. Acertamos depois.

Tudo estava como sempre esteve. Mas havia ali o hálito terrível da morte pairando em torno de tudo.

Atravessamos os piores dias.

Ágata era de âmbar e só piorava. Houve rumores sobre a causa da morte, mas como se nossa Jade já estava. Deus agiu. Mais nada. Asfixiou-se. Decidiu parar de respirar.

Até quanto e aonde querem empurrar nosso sofrimento, Rhian?

O juiz de Cromane é um antigo lenhador e usa a caneta como um machado e, a pedidos do ministério público ou pressão da imprensa, insistia em exumação. Ágata perdeu completamente o bom senso. Era preciso contê-la à força. Sofríamos como passássemos por outra vida.

Nossos amigos, amigos dos amigos de juízes e do ministério público atuaram. Isso nos salvou de perguntas muito complicadas. A TV parou de noticiar.

De todo modo, era preciso tirar Ágata desse tornado. Eu não conseguia lhe entregar o carinho que precisava. Só os homens muito ricos podem se dar ao luxo de ter uma esposa doente.

***

A abadia das iracemas era um lugar longínquo e inacessível como a paz. Não há outro lugar no céu ou na terra para alguém ser esquecido, nos disseram. Confiamos.

Não há nada ali para alimentar as lendas. Não há corredores escuros. Nem passagens secretas. Se as paredes são altas, não são para separar o mundo dos vivos dos mortos, mas por questões pragmáticas. Não há nada de inexpugnável na abadia das iracemas. Os claustros são quase cenográficos, e são mais uma contribuição ao passado. Ágata me disse o quanto ela é interminável. Mesmo as mais antigas freirinhas não têm a dimensão de tudo.

Se há pessoas em condição subumana, bem, isso há aqui fora, em todo lugar. Não são celas úmidas de onde possa saltar o falso conde de Monte Cristo nem nenhuma abadessa vai lhe ajudar a encontrar um tesouro esquecido. Tolices.

É uma prisão? Depende de quem olhe. Um hospital? Depende de quem sofra. Um convento? Já a vi de várias formas. Quando penso na abadia penso mais em um caleidoscópio que em um panóptico.

Os quartos são arejados. Aqueles que entram na abadia nunca mais são vistos do lado de fora novamente, dizem, mas a direção nunca infringe uma lei nacional, vendem caro sua solidão.

Os mistérios? Os segredos? Eles estão por toda parte. Tudo pode ser desvendado, como em um tipo de maçonaria própria, que se move por dinheiro, por interesses.

Há a capela, o claustro, o refeitório, dele já falei, a horta, a biblioteca, o terreno não tem fim. Ele segue até a escarpa do rio e o atravessa.

Nem todos podem ver tudo, afinal não se pode fazer turismo e tirar *selfies* ali como se faz em Auschwitz, mas a Sala do Capítulo é um dos lugares mais bonitos da arquitetura das iracemas. Ali se reuniam as monjas e priores visitantes, no passado. A abadia possui ainda seu próprio cemitério, de cujo terreno vêm as melhores peras e maçãs e ameixas.

Na abadia, tratam a todos sem distinção: judeus, ciganos, anarquistas, comunistas, gays diletantes, assexuados militantes e abortistas. Somente adotam cores distintas nos uniformes para deixar claro o respeito à diversidade e, a partir desse arco-íris inspirado nos eucaliptos da floresta de Cromane, lhes dão o direito a banhos de sol solitários, porque assim têm mais chance de pensar na vida que levam. Levavam.

Não são doentes nem infratores, ou não são todos. Talvez um ou outro tenha cometido deslizes e são mantidos assim, administrativamente. Mas se engana quem acha que a abadia seja uma colônia penal, é só um lugar em suspenso, um desses purgatórios na Terra, semelhante à câmara de compensação dos bancos, onde se calculam os juros, tornando a vida uma dívida impagável, um lugar assim.

Antes de decidir trazer Ágata para cá, li a única entrevista com a abadessa-mor. Quem a vê agora não pode imaginar que tivesse tanta vitalidade antes, hoje se arrastando pelo pátio. O jornal está no Arquivo Público. Guardei uma cópia em casa, mas nem preciso ler, é fácil de rememorar:

Abadessa - Nossa casa não converte nem corrige ninguém, aqui a pessoa se entrega à autocorreção como a semente a um jardim.

Repórter – O autoconhecimento.

Nisso a abadessa deu sua melhor definição:

A – Nada. O autoconhecimento é uma autofraude: é preciso juntar Sócrates e Heráclito, meu filho. "Conhece-te a ti mesmo", mas quando vais e voltas nesse movimento da consciência, já não és mais o mesmo, como o rio e homem não são mais os mesmos de antes. Assim ensinou são Galo. Tudo muda."

R – Pode alguém mudar, madre? As pessoas de fato mudam?

A – Basta esquecer as paixões.

R – Sei. Trata-se de um verdadeiro amor pelo homem.

A – Não. O homem é uma paixão inútil.

R – Estamos diante de um caso perdido?

A – Nenhum caso é perdido, ou o são todos, ou o são todos remediadamente iguais. Não sou eu quem diz. É são Galo.

R – E como vocês lidam com as diferenças?

A – Para isso temos o *Códice*.

R – É como diz santo Agostinho: a caridade é maior que as diferenças.

A – Não se trata de caridade, rapaz, mas de fazer o bem.

R – O bem é libertador.

A – Bobagem. Este é outro autoengano. Na verdade, só o trabalho liberta.

"O trabalho liberta". Esse é o lema. Está no portal. Assim elas se cumprimentam na abadia. Aqueles que decidiram ajudar os avanços da ciência, como Ágata, cuidam do jardim medicinal, da Casa dos Médicos, têm alimentação distinta e prioridade na fila da purga e da sangria.

Mas nada aqui se compara à Sala do Capítulos, Rhian.

Ágata me contou com tantas minúcias que eu parecia ver um postal. Vi o pórtico, foi esculpido na Irlanda, e pude ver traços de sua arquitetura de muitas épocas. Me falou das colunas góticas, com toques árabes também, ao estilo mudéjar.

É uma sala em formato de retângulo com medidas tão perfeitas, que a gente pensa estar no coração de um círculo, querido. As paredes são cobertas por armários de macieiras, onde guardam as atas. Por falar em macieiras, sobre a mesa do ofertório está uma maçã na qual a monja Iracema deu uma mordida.

E por que guardam essa maçã?

Porque é uma maçã incorruta.

Incorrupta?

Como aqueles cadáveres dos santos, Rhian. A gente viu um deles no Peru.

Sim, sei, me recordo. Mas foi na Colômbia.

Dentro dessa sala nada se corrompe, nada apodrece.

Deve ser um lugar fantástico, Ágata.

Eu não me expressei direito: ali onde Iracema mordeu a maçã, ainda se pode ver gotículas do sumo, nada variou nesses anos todos.

Preciso fumar, mas me contenho e peço para me falar mais.

Nas paredes, ainda, estão esculpidos vários cristos, em várias situações, sobre elas somente teólogos do mais alto grau podem comentar... e os murais, querido, e os murais? Pintores como Medina, López e Sanchéz, que nossas copistas trataram de manter a grandiosidade. A decoração vegetalista...

Vegetalista?, perguntei.

Sim, rapaz. Você não estuda, não sabe. São ornamentos e desenhos onde a natureza é o motivo de tudo: as estações do ano, o mundo vegetal, troncos, folhas, flores, não dá pra descrever tudo nem mesmo se você morar nessa sala por cem anos. Ali as abadessas passam o dia entoando hinos de são Colombo.

Fiquei calado. Ela avançou, entusiasmo em cima de entusiasmo:

E você não precisa morrer para ver o céu, se uma vez na vida viu o teto da Sala, ela me disse. O teto é o céu vivo, apaixonante. São caixões dourados e domos que surgem como ilusões. Um pingo da luz do sol e tudo brilha lá dentro, meu amor.

Ágata não sabe quantas pinturas a óleo estão presas na parede do gesso secular. Mas entre elas estão treze cenas da vida da Virgem e da Paixão, feitas pelos melhores pintores, e separadas por colunas. No centro, reina a cadeira arquiepiscopal, trazida do Reino de Tyrone, em mil quatrocentos e poucos, quando a abadia se tornou um mosteiro clandestino, pelo qual nem o Estado nem a Igreja se responsabilizam. Não está submissa a nenhuma força. Como elas dizem?, me esqueci. Ah: "ereção canônica", me lembrei.

Apesar de tanto entusiasmo, Ágata se encolheu outra vez. Se uma pedra dentro de uma caverna pudesse se transformar em água e depois em som, seria essa a voz de Ágata quando me pediu:

Me tire daqui, por favor, chega. Me leve embora com você.

★★★

Quando Jade adoeceu, Ágata comentou:

Deus está me experimentando. Naquele dia, Ágata voltou a me falar do quanto Deus estava disposto a testá-la. Ela somente disse:

Deus talvez exagere.

A frase era somente a manifestação de uma dor como uma onda onde eu me reconhecia também, por detrás de um espelho escuro que resultava na estranha minha imagem não invertida, mas real e, com os dias, Ágata perdeu o decoro e a vergonha de falar diante da filha, inconsciente:

Olhe para nossa filha, Rhian. Quando minha mãe morreu, eu tinha essa idade. Agora ela está indo embora. Uma mãe deve lutar com todas as forças para manter a filha viva. Não é assim o correto?

Não me esqueço dessa hora. Ela abriu as cortinas e eu abri as janelas e fui fumar ali. Ágata se sentou ao lado da cama, olhou os equipamentos, pegou o livro da vez, folheou, fechou-o, e me perguntou com o olhar do mecânico a interrogar o motor do carro:

Não é isso? Não era pra ser assim?

★★★

Não havia mais tacadas do meu amigo Bob ou todas eram perdidas, mas eu valorizava sua fé ou sua raiva. Ele sempre mantinha seus piores sentimentos em dia:

Ah, Rhian, preciso lhe contar uma coisa.

Sim?, afastei dele o copo de gim.

Eu também faço minhas escaladas, sabe?

Sim? Desde quando?

Você não entende. Ninguém entendeu, ainda. Eu estou escalando meu próprio Everest... logo--logo chego no topo, cara.

Sim.

Sei que já fiz muita tolice. Mas, me escute, estou no meio de algo grandioso, ele falou algo envergonhado e ao mesmo tempo arrogante. Aí todos vão ver... quando eu chegar lá em cima, no topo do mundo, todos vocês estarão fodidos, Rhian. Em breve estarei comendo diamantes, cagando diamantes...

Vamos. Vou lhe levar para casa. Você está bêbado de novo.

... vomitando diamante.

O.k., só não vomite no meu carro hoje.

Desde que Marília o abandonou e a tatuadíssima Bárbara e seu coração de pedra não o recebia mais em casa, Bob Alcântara se tornou alguém amargurado. Ela só queria preencher cada centímetro do corpo com tatuagens e bater tanto na realidade até transformá-la em outra coisa. Ele só queria sonhar em voz alta entre seus seios. Coitados.

Quanto a mim, por último tinha outra ideia depois de vender a fábrica. Eu e Bob podíamos tocar juntos uma estância hidromineral, em um pedaço de terra afastado de Cromane, longe da poeira do gesso e das minas, próximo aos *resorts*. Não é saudável se associar com alguém viciado no bilhar, em dados, nas cartas, sobretudo cartas de licitação, mas não vejo muitas saídas. Além disso, algumas vezes, Bob até faz jogadas certas, empurrado por seu próprio *algoritmo* mental.

★★★

Sabe de algo, Rhian, preciso lhe dizer algo. Eu me esforço todos os dias para me lembrar da sua doce voz, a doce voz de nossa filha. Com isso pode acontecer?

***

O restaurante da Celeste é um lugar simples. O restaurante cheira à comida e terebintina. Há o barulho da cozinha e com frequência dá para sentir o cheiro de arroz queimado no salão. A doce empregada, Victoria, me serve os torrões do fundo da panela, porque sabe do quanto gosto daquilo. Há o cheiro de cominho e de verduras frescas e pimenta. É uma paisagem olfativa, ou toda sensorial. A faca bate na tábua o tempo todo picando pimentões e cebolas. Os fornecedores passam com a carne ainda fresca pelo salão e Victoria sempre está atenta, no encalço dos marchantes, para varrer e enxugar a salmoura.

Denis conseguia entrar ali sem maiores objeções. Ele se reclamava o tempo todo dos nossos costumes, meu e de Ágata, de comermos fora, em lugares chiques.

Isso é escandaloso, deve custar uma fortuna respirar dentro de um lugar daqueles, repetia sem parar.

Não pude esquecer dele da última vez que fui no Freiermann e vi um conhecido do meu pai:

Como está o senhor William?

Lamento dizer, isso fui eu respondendo. Mas morreu há uns dez anos, senhor Velloso.

Sim? E a fábrica?

Vou tocando. E o senhor, como vai? E a senhora, tudo bem?

Ele riu. A esposa permaneceu esposa, calada.

Depois ele limpou a boca ainda cheia com o guardanapo do tamanho da toalha e perguntou:

Escute. Havia um cara. Seu pai era muito amável com ele.

Amável? perguntou a esposa, ao lado.

Amável até demais, o senhor Velloso respondeu. Se piscou ou não para ela. não posso garantir, a mudança de humor afeta minha percepção.

Não sei de quem o senhor está falando, respondi, saindo.

Ele me pegou com aquela mãozona de gordobeso.

Era Demian, não? Era esse o nome. Claro que você se lembra. Todo mundo no ramo se lembra. As leis trabalhistas não servem para julgar aquele caso, rapaz.

Sorriu. Riu alto. Me afastei.

De longe, ele gritou:

... Denis. Era Denis, o nome. Não era?

★★★

Você já se sentiu insensível?, Ágata me perguntou.

A pergunta é esquisita. Como alguém pode se *sentir* insensível?

Deixe de ser chato. Somente me diga. Aliás, não precisa. É assim que me sinto, Rhian.

Ela emendou noutro assunto:

Estou pensando em aceitar a proposta da abadessa.

Que proposta?

Ora, não lhe falei?, ela se endireitou no banco, pôs o livro no colo, cruzou as pernas. Ah, é verdade. Isso foi no outubro passado, na cerimônia de são Galo. Você não...

Ágata ia se reclamar de algo, então intervi.

E o que a abadessa propôs a você?

Entrar para a congregação.

No duro? Eu sorri. De você se tornar uma iracema? Meu Deus, isso vai dar certo?

E por que não, Rhian? Eu não disse isso: não vou me tornar uma das freiras, pelo menos a princípio. Mas uma irmã-leiga.

Eu não entendo nada disso. Só estou surpreso, não me interprete mal.

No momento seguinte, outra Ágata voltava.

Me tire daqui, por favor, chega. É só o que lhe peço: me leve embora com você.

Você não se sente bem, aqui?

Como alguém pode, Rhian? Ela baixou o rosto. Quando levantou os olhos, eles olhavam para o nada. Existe o coma induzido, não existe?

Esperei ela terminar porque não sabia aonde estava indo sua raiva.

... aqui, há a vida induzida. Olhe para elas. Ágata apontou para as freirinhas em em atividades banais. Parecem felizes, não parecem? Mas é a felicidade igual à da morte cerebral, Rhian. Me leve daqui.

Estava para lhe dizer como essa vida, induzida, está em todo lugar. Pensava onde estaria a vida bedigna, fidedigna, a morte digna, no deus de Ágata chamado destino, porém me sentia impotente demais para tudo e meu silêncio falava com seus olhos sem brilho.

★★★

Me divertia conversar com a garçonete de Celeste: Victoria. Era uma jovem com todos os músculos e ossos destinados a servir, trocar toalhas, limpar o chão. Tinha uma índole dedicada. De espírito simples. Celeste a considerava uma da família, se antes não a considerasse uma escrava branca. Devem tê-la retirado do mato na infância e colocaram-na para cuidar da limpeza. Certo dia, a presenteei com um violão.

Meu Deus, senhor Rhian. Mas onde vou aprender a tocar? Onde vou arranjar tempo? E as mesas? E a vida?

Você pode vendê-lo, Victoria. Sei lá.

Vou perguntar à patroa se posso aceitar, antes.

Deixe Celeste cuidar da vida dela. Resolvo com ela. Cuido de você. Você é uma pessoa livre, menina.

Minha memória é mesmo uma metralhadora louca: quando olhei para Victoria e notei o quanto me parecia livre, me lembrei da amiga Marília naquele restaurante: ela comentou de seu amigo dizer que a liberdade é um anjo nascido de uma pena arrancada das asas do Demônio.

Não tenho como agradecer ao senhor, Vick respondeu.

Tem.

Tenho?

Sim.

Ela baixou o rosto e o viu refletido entre os ladrilhos encerados do chão. O restaurante começava a receber clientes do almoço.

Sim. Você pode conversar comigo, um pouco, sempre, eu disse.

Ela sorriu antes de responder:

Não sei conversar com o senhor.

Por quê?

Porque tudo parece um jogo para o senhor, ela falou. Não sei jogar.

De onde você tirou essa, Vick?

Me desculpe. Vejo o senhor falar com as pessoas.

Victoria era uma alma boa. Tinha uma inteligência prática, de sobrevivente. Era mesmo dona de um coração simples. Tudo naquela conversa me lembrava William Gastal.

Respondi:

Não se trata de jogo. As coisas são como são, não mudam como os vapores dos sonhos mudam, não tenho ilusões, só isso.

Ela fez uma careta de criança. Esse papo de vapores, sonhos, ilusões, não alcançavam Victoria.

Eu não disse, eu não disse?, ela riu. Se o senhor precisar de algo, é só me pedir.

Olhava para ela. Era espontânea.

O senhor ficaria bem com uma barba.

Você acha, Vick?

Ia parecer um desses homens muito-muito-muito poderosos.

E isso é bom?

Isso é ótimo, senhor Rhian. Por que não experimenta?

Victoria vivia alheia à sua própria melancolia, Vick não se interroga, seu mundo parece aquele das canções, onde a "vida devia ser bem melhor, e será", um mundo bom para a rapaziada. Tocava nela o gene da alegria: ele está em todas as mulheres jovens.

Assim, Vick é uma pessoa feliz, merece o nome que lhe deram. Para ela, o mundo não é perfeito, mas está tudo bem, se temos nariz e orelhas podemos aceitar com resignação o uso de óculos. É uma joia perfeita para este mundo tão indigno, eu pensava.

Antes de eu mover outro pensamento sequer, Vick levantou docilmente meu cotovelo da mesa, limpou a toalha de plástico com detergente e Perfex e colocou meu braço de novo no lugar, como o açúcar ou o saleiro. Ela me examina de cima a baixo como eu fosse peça de museu ou objeto. Não é bom quando uma mulher olha para um homem assim.

Tenho 18. Victoria me respondeu. Desde que cheguei aqui, entra ano, sai ano, minha idade não muda, senhor Rhian.

Não entendi, Vick.

É por conta da fiscalização, acho. Dona Celeste acha melhor eu dizer assim a quem me perguntar: 18. Quando cheguei, tinha 14.

E agora?

O senhor não é da fiscalização, é?

Claro que não, menina.

16 ou 17, me perdi um pouco.

O restaurante agora estava lotado e ela precisou roçar a bunda no meu ombro para se livrar do aperto.

Dia desses, mostrava a ela o som médio, grave e agudo, enchendo e meando copos com água para ensinar as diferenças dos timbres ao se bater neles com uma colher. Foi sua primeira lição de música.

Assim vibram as cordas do seu violão, Vick.

Ela ia bem, mas quando via a patroa, se envergonhava e corria.

Deixe a menina, Celeste. Ela precisa aprender algo mais.

Essa menina sabe de muita coisa, Rhian, não se engane. Quanto a mim, só quero saber dos meus ganhos. Não me importa o quanto ela aprenda com qualquer um.

Mais tarde, Victoria se lamentou:

Não aprendo nada, senhor Rhian.

Rhian, já lhe disse.

Talvez um dia, se saio daqui. Mas por enquanto não aprendo nada com o violão, Rhian. Mas antes de dormir, dedilho um pouco.

Verdade? E depois, garota?

Depois, durmo.

E riu.

Dali em diante, a vida recarregou toda sua energia.

***

Talvez Ágata se tornar uma iracema significasse não ter de enviar grana todo mês, as coisas estavam mesmo complicadas, e encontrei um modo enviesado de perguntar:

E elas vão pagar algo para você, *irmã*?, brinquei.

Você é mesmo um babaca, Rhian. Estou falando de coisas elevadas, de confiança, a vida dedicada à caridade, me tornar uma trabalhadora de são Galo, e você me vem com essa?

Desculpe.

Você é uma pessoa insensível.

Desculpe. Já pedi: me desculpe.

Ela fez silêncio. Pedi licença. Fui ao banheiro. Demorei perambulando pelos corredores de pisos espelhados da abadia, e fui fumar. Pensava em Ágata, no seu dia a dia ali, na sua eternidade, suas escolhas a partir das tristes limitações. Também em sua saúde, sua fragilidade. Entrei na cabeça da abadessa: talvez a proposta tivesse a ver com alguma conformação ou piedade que oferecia a minha esposa. Enfim, a beleza.

Devo ter ficado invisível e passei pela vigilância do bloco e me perdi em uma das alas. Encontrei aquela iracema em uma cama hospitalar, numa das alas e, lógico, isso me fez lembrar dolorosamente de Jade.

A mulher teria uns dos oitenta anos? Talvez tivesse mais doenças que idade. Era gorda, mas não era feia. Estava ligada à máscara de respiração dessas com cilindro de oxigênio.

Ei, você, venha cá. Ela falou, retirando a máscara do seu solitário baile.

Entrei no quarto. À penumbra, ela me pareceu a querida Babete, a puta mais crítica do mundo. Olhei em todas as direções. Não havia ninguém e, pelos aromas, alguém deveria ter trocado as fraldas e lençóis há alguns dias. Mas não o fez. O quarto era o contrário da abadia.

Senti o cheiro de cigarro, de longe, ela falou. Você pode me dar um trago?

Você quer fumar? Não, não acho certo.

Deixe de frescura, rapaz. Venha cá.

Qual é seu nome?

Aqui me chamam de Teresa.

Puxa. Teresa? Tive uma amiga com este nome: Teresa. De Lisieux.

De Jesus.

Me aproximei. Seus olhos não paravam de piscar e me lembravam os de um camaleão. Talvez merecesse a recompensa. Coloquei meu cigarro em seus lábios e ela deu um trago delicado, elegante.

Depois soltou a fumaça com bastante energia. O aroma era de rosas. Instalou de novo a máscara para respirar longamente. Retirou-a.

Outro, disse.

Como?

Quero outro trago.

Não, irmã Teresa de Jesus. Chega, eu disse.

Não banque o palerma, palerma. Me dê aqui o cigarro.

Não, já passamos dos limites, Teresa. Quase digo: Babete.

Então vá à merda, cretino.

Voltei ao pátio. Comentei tudo com Ágata.

Você não falou com ela, falou?

Sim, ela se chama Teresa, me disse.

Mentiu. Não é. De todo modo, você não tinha permissão. Não comente isso com ninguém mais.

Há algo errado com ela?

Está em crise.

Ela tem asma? É aquele vírus? É um câncer?

Está em crise de consciência. Há muitos anos. Deve ser esquecida.

Não perguntei mais. Enfim, Ágata se sentia em casa, entendi. Sobretudo com esses altos e baixos de profundo senso de caridade e largos passos de insensibilidade. Era uma pedra que tanto podia virar um novo asteroide no espaço sideral como afundar carvão na terra no outro instante.

Cultivar o próprio jardim

O enterro. Estamos atrasados. São quase cinco da tarde. O calor, o burburinho, o odor humano deixam o ar abafadiço. Cambaleio. Saio. Enfim respiro algum ar fresco. Amo o lusco-fusco. Nem uma dor como aquela me desconecta disso.

Na capelinha vizinha, eu ouvia o padre falar de que iriam semear o Jardim com o corpo da senhora que velavam. Era alguém importante, uma baronesa do ferronegócio. Meu amigo Bob distribuía cartões de visitas de Roberto Alcântara por lá e se revezava entre os dois velórios. Mais da metade estava ali para ver ou ser visto pela governadora. Ela esteve lá, mas vi que foi logo embora. Havia ainda gente perguntando insistentemente por ela do lado de fora.

"Ela está aí?"

"Quem?"

"A governadora."

"Sim", mas era mentira.

Então a pessoa avançava contrita à capela lotada.

Se a resposta fosse "Não", a pessoa simplesmente dava meia-volta.

Me afasto mais e desse ângulo consigo ver os dois caixões. De um lado, uma mulher morta, portanto, não mais uma mulher. Do outro, nossa ninfa, Jade, sob tules verdes, suaves, que nem chegara a ser mulher. Esse é o dever da morte: turvar os naipes e os ápices.

Ouvi quando o padre falou e ouço sua voz ainda neste instante:

"A morte não tem a última palavra, mas a vida."

Semear o Jardim. Os augúrios deveriam servir para o corpo de Jade, também?

Fechamos nossos caixões ao mesmo tempo.

Um funcionário do Burial Club correu e me pediu para esperarmos um pouco, para não congestionar tudo por conta da morta da governadora. Pensava em Ágata lá embaixo, sem mim, sem Jade. Mas não pude fazer nada. Aceitei. Recessivo. Nesse meio tempo, alguém tentou puxar um cântico, mas a iniciativa não vingou, ficamos em silêncio. Éramos poucos.

Dez minutos depois, andamos com Jade.

Os do velório da baronesa do ferro haviam seguido em direção ao crematório.

A cremação poderia ter sido uma opção para nós, digo, para Jade, isso teria facilitado o ânimo de pessoas maldosas tempos depois, mas Bob, que de tudo cuidou, ou não pensou nisso ou olhou a tabela de preços e decidiu pelo funeral ordinário, porém digno.

Ágata não suportaria velar a filha e não subiu até a capela. Preferiu descer direto ao local do sepultamento, onde um tapete branco cobria a grama chamuscada de sol. Enquanto fumava, a via lá embaixo, ao longe, aquela ônix usando talvez uma vida emprestada como uma roupa alheia, uma pedra triste. De longe, de certo ouviu os dobrões da pequena torre sineira quando saíamos até o túmulo. Nessa hora, me contaram, arreou. Precisou de ajuda das funcionárias do Parque para não desabar completamente. Então aceitou ajuda e se sentou. Era um robô em sofrimento.

Descemos a pequena procissão com o corpo no carrinho ecológico, elétrico. Algo ali dentro rangia.

Quando as primeiras pessoas se aproximaram e quiseram manifestar condolências, ela reagiu:

Você está louca, por que está me dando pêsames?, respondeu confusamente à Marília.

Alguma paz se instalou em sua alma e não sabíamos até qual extensão a Torre entendia os fatos:

Jade? Jade está bem. Jade ficará bem, dizia a quem a cumprimentava.

Fiquei a seu lado enquanto tudo se consumava e todas as portas se fechavam para nossa filha. Em alguns momentos, Ágata tentava se afastar e eu a segurava forte pelo braço. Depois desisti e ela foi para o outro lado.

Ouvia-se somente os saguis nas árvores, comendo insetos, um pipiar enfurecido, mesmo daquele filhote mamando na mamãe-sagui.

Depois, a constrangedora música das pás, as coroas soterradas e depois o tapete verde forjando a grama sobre o local, para fingir que tudo estava em perfeita ordem.

Ficamos no silêncio de um mundo particular, somente nós três.

Escureceu rápido.

Quando o funcionário do Parque Burial Club fez o sinal com a maquineta, me levantei e caminhei até ele para pagar pelas taxas extras dos serviços, o pessoal de apoio, as flores... elas vêm sem aroma da floricultura, porque o mundo é agora dos alérgicos. Por isso os floricultores derramam essências industriais sobre as coroas, de modo que você olha para rosas, sente o perfume de gerânios, olha para as margaridas e delas rescende aroma de lírios e cravos.

Voltei e permaneci de pé, enquanto as paletas do elevador e as roldanas voltavam mais leves do fundo da terra. Elas são recolhidas por coveiros de fraque. A semente está na terra, senhor padre. E agora?

Você está bem?, me perguntou Alice, a secretária da Abalon.

Estou enjoado. Por favor, vigie Ágata um pouco por mim. Preciso respirar.

Ela pediu para ir embora, por isso vim falar com o senhor, falou Alice, com seu tom de rotina.

Vocês podem levá-la, vocês podem me fazer esse favor?

E o senhor?

Eu ainda tenho coisas a acertar aqui. Chego depois. Mas por favor não a deixem sozinha.

E entreguei as chaves do meu carro.

Andei pelas alamedas.

Um sagui tentou me atacar, mas o chutei com determinação. Isso irritou o bando e eles se reuniram e começaram a gritar. Me precavi com um pedaço de pau. Fugiram.

Quando pude estar só, caminhei à parte elevada do cemitério e dali admirei Cromane, deitada como uma mulher corcunda.

Estivemos aqui anos antes. Jade era uma criança. Viemos deixar William Gastal. Vejo seu túmulo duas notas acima. Há uma imensa lira que mais parece um barco, de pedra, sobre o granito e uma inscrição solene da Sociedade Beneficente de Música. E não da Higiene, pelo visto. Minha mãe estava em um lugar chamado silêncio ou distância, onde esteve o tempo todo.

O vovô está mesmo morto, papai?, perguntou Jade.

Sim, está, Jade.

Ele pode voltar?

Vamos embora, filha.

Seguimos as pessoas da sinfônica até elas silenciarem. À época, este lugar não tinha alamedas de shopping. Aqui e ali havia arbustos e cardos. No dia de Gastal, chovera bastante e os sapatinhos verdes de Jade estavam metidos na lama como os de todo mundo.

Minha menina buscava descobrir mais sobre a vida, no seu contraste.

Você pode morrer, também, papai?

Sim.

Então você pode não voltar, assim como o vovô?

Estamos aqui de volta, minha menina, meu grande amor.

Antes de toda a penumbra se deitar, vejo, ao lado de um túmulo, a figura de um anjo. Aos seus pés leio o nome de um certo Paulo, a data de 1920, e a inscrição *"Angelus Novus"*, numa flâmula de pedra.

Esse animal aflito gostaria de se afastar dos olhares que o encaram. Seus olhos estão arregalados, a boca aberta, as asas espalhadas. Seu focinho está voltado ao passado. O que chamamos ou chamávamos de vida, essa sequência de acontecimentos, ele conhece como um desastre gigante, que acumula bagunça atrás de bagunça e lança tudo pelo chão. Ele gostaria de acordar os mortos, remendar tudo. Só que uma tempestade vem lá do paraíso e o agarra forte pelas asas. O mármore lhe impede de fechá-las, de seguir em frente, ao futuro, então está de costas viradas, enquanto a bagunça e a desordem vão se acumulando até o céu.

No horizonte, depois da baía dos Currupacos, o mar, Tálassa, trevoso, sob o crepúsculo pustulento, o mar pátria das meninas ninfas mortas, daqui vejo como um sonho vívido suas barcas negras, esquecidas, prestes a enfrentar o abismo das águas fúnebres.

Quando me lembro desse momento, tudo vem à tona outra vez: a última vez que lhe vi, Jade: sua fisionomia, talvez não mais sua, pura e calma, os cabelos um pouco desalinhados alguém os prendeu à nuca para emoldurar bem o rosto. A pele estava coberta com pó, e disso você gostava. Os olhos pacificamente fechados. Os lábios rascunhavam seu sorriso docemente audacioso e sereno, que poderia significar o alívio, mas também o êxtase proibido àquela hora ou a meninas como você, Jade.

Naquela última vez, quando beijei sua testa dura e fria, pude ver minarem lágrimas por debaixo das pálpebras macias. Mas são impressões com as quais todos os mortos brincam nessas horas.

Abro meus olhos para deixar de ver, pois a simples lembrança dos meus olhos em seu rosto a profanam.

Vejo, mais perto, a angra, o longo Nkali e sua água contaminada pelo manganês, as dragas enfuriadas bufando sua fumaça medonha. Na orla Oeste do rio, os cafés tentavam imitar a vida, as luzes incandescentes faiscavam até se resolver a falha elétrica das fotocélulas e enfim a luz. Esse fato poderia parecer curioso ou engraçado e gracioso, mas não àquela hora. É como disse meu amado amigo

Denis, chega o dia em que o tempo é outro e não o de rir, onde a curiosidade se apaga, toda graça é perdida e aonde olhamos avistamos somente a morte turvando os picos. Meus olhos estavam obcecados por essa nata, a lágrima tirada da mais límpida emoção, como se meu coração tivesse sido limpo alguma vez.

Acendo um cigarro no outro. Não posso imaginar ficar sem você, Jade. Penso ter visto na lonjura do Atlântico se erguerem as chaminés escuras de um navio escuro. Fumo e meu peito racha, apita, pia. Jade, Jade. Não me lembro de ter vivido emoção tão extrema, em um mundo ou bruma dos quais não conseguia penetrar nem sair. Cromane lá embaixo era a colmeia nauseante de sempre e busquei algum alívio, alguma palavra suprema, mas não havia nenhuma capaz de compensar aquela dor tão radical.

Jade, Jade, Jade.

A falha. A vida se separava da morte. Entendi ali, a beleza da morte pacifica. Via isso nas nuvens que arrematavam o barco no distante océuano. As palavras se separavam das coisas como deve ser no apocalipse, a carne da carne do espírito, a ideia máxima de tudo ter se dissipado e germinar somente a raiz da cólera-náusea, a dor. Ou, enfim, as várias formas de consolação.

Um arco-íris é tão múltiplo quanto a infelicidade, pensei.

E entendi algo com todas as minhas cordas: quem não me conhece, pode me achar amargo, mas a alegria nasce da tristeza. O bem, do mal. A beleza, da feiura. Quem pensa diferente vive no melhor dos mundos, está neste somente a passeio nesta vida.

***

Choro. Onde eu estava esse tempo todo? A vida desde o início me empurrou para trás, para uma ideia falsa de salvação, minha e dos meus. Choro, pois ainda convivo esses anos todos com minha precária ideia de mim mesmo. Não falo dessa pobreza vulgar. Nem reclamo de não ter vivido grandiosas novidades. Não é isso. Será como diz a abadessa velha, ou seu santo Agostinho ou seu são Galo, sobre isso de esquecer as paixões? Não sei. Agora sei o quanto preciso saber agora. Esse "agora" é múltiplo e paro de chorar quando entendo. Não precisei me meter numa kombi e atravessar o mundo sussurrante de Bob Dylan ou o budismo de John Lennon e Gilberto Gil. Esotérico, de certo esoterismo que em Cromane só o dinheiro compra. Nem o mundo de Denis ou William Gastal e seu universo obtuso, escorregadio, recessivo, exotérico.

Porém, quando essa consciência me tomou, lá pelos vinte anos, não perseverei: não pude. Ou tolamente me achava estar pronto para tudo. As viagens não podiam me dar nada. Sem saber o mais simples, o que me diz neste instante a consciência, minha ignorância seria capaz de me fazer descobrir a felicidade. Mas aí está uma grossa camada de ferrugem a cobrir tudo. Em vez disso, só encontrei a infelicidade e ela é multiforme sobre a Terra.

Me lembro com nitidez das minhas viagens de fuga, de trem, da adolescência. No trem tive minha primeira sensação de asfixia.

Me vejo agora em um trem que atravessa a escuridão nos túneis de goethita e me sinto puxado magneticamente para fora. Depois ele mostra o sol sobre o monte dos Macacos. O sobe&desce das linhas suaves das montanhas indica como não se perturba com nada. Nisso têm a fleuma inabalável de alguns homens mortos.

A nuvem colérica de abelhas devora a cor do céu. Vejo o brilho sanguíneo das pedras. Sinto o cheiro dos eucaliptos e o gosto de sal dos pingos de chuva da grossura de um dedo a se chocarem insetos contra o vidro. Uma tarde com muitos temperamentos.

Chegou enfim o verão.

Consigo me alegrar. Olho a paisagem e sei o que abandonei, mas a vida se ergue e nem tudo me parece uma doença. A vida aparece pela janela em ordem alfabética. Bairros, campos, cidades, colinas, florestas, lagos, montanhas, plantações, pontes, rios. Se aperto bem os olhos, posso enxergar os detalhes da planície, coberta de cravos amarelos: cápsula, corola, estigma, estilete, flor, fruto, pétala, receptáculo, sépalas, talo.

Agora está tudo em ordem. Não pareço mais um, viajando em um trem que só imagino. A ordem é a melhor das felicidades. E das ilusões. Acelerador, amortecedores, apito, barras de acoplamento, bomba de ar, buchas, cabine de controle, cabo de freio, câmbio, compressor, correia dentada, eixo, engrenagens, freios, gerador, juntas, motor, pistões, rodas, suspensão.

Eu sou o trem.

Meu espírito chegou e desembarco e me pego cantando uma canção que somente eu ouço, somente minha e de mais ninguém.

★★★

Vou embora, enfim. Ágata não se levanta. Não me cumprimenta. A hematita no seu pescoço empobreceu e se ofuscou. Não é fácil distingui-la do leão rampante da entrada, do anjo da fonte, do casal sentado à beira da lagoa, das duas gigantescas górgonas, as bocas escancaradas, seus cabelos de cobras contornando as colunas principais da abadia, e ao fundo a imensa medusa fulminando tudo com o olhar. Minha esposa catatônica, estatualizada, petrificada, a granada negra, deve estar ainda hoje no mesmo lugar, chuva a sol, na já longínqua no tempo abadia das iracemas, o melhor dos mundos, um mundo todo em pedra-sabão.

Tudo já aconteceu. Talvez não devesse contar mais nada. Tudo está pago, varrido, esquecido. Porém, nunca ouso considerar isto profundamente.

Agora o dia se acabava e com ele sua ira. A perfeita luz do entardecer era um difusintenso halo de ouro a cobrir a extensão da abadia das iracemas. Um anjo jovial se senta à beira da fonte. O vento espalhou o arco-íris no céu, agora uma aguada de matizes roxas, azuis, vermelhas, verdes se dissipava por quilômetros no horrorizonte. O feio se tornava belo, devagar. Mas como pude extrair da fealdade alguma beleza?

Me olhei pelo retrovisor central do carro.

A imagem de Vick surge enquanto olho minha barba nova no meu rosto velho.

Girei a chave, mantive o carro no ponto morto, o pé lá embaixo, na embreagem, fazia tudo deslizar. Depois, ao fim da ladeira de cascalho, já fora da abadia, deixei o pedal livre e o motor pegou no tranco. No solavanco, minha cabeça andou perto de atingir o para-brisas e não sei se nessa hora meu espírito voltou a mim ou ficou para trás, para onde eu jamais voltaria outra vez.

FIM

Sidney Rocha publicou *Matriuska* (contos, 2009), *O destino das metáforas* (contos, 2011, Prêmio Jabuti), *Sofia* (romance, 2014, Prêmio Osman Lins), *Fernanflor* (romance, 2015) *Guerra de ninguém* (contos, 2016), e os romances *A estética da indiferença* (2018), *Flashes* (2020), *As aventuras de Ícaro* (2022) e *O inferno das repetições* (2023), todos pela Iluminuras.

CADASTRO ILUMINURAS

Para receber informações sobre nossos lançamentos e promoções envie e-mail para:

cadastro@iluminuras.com.br

A *Iluminuras* dedica suas publicações à memória de sua sócia Beatriz Costa [1957-2020] e a de seu pai Alcides Jorge Costa [1925-2016].